KB251931

없을 때까지 있는 단어

없을 때까지 있는 단어

김언의 4월

—
차
례

작가의 말

작가의 말

무거운 건 가볍게,
가벼운 건 무거운 듯이 들어야 해요

언제부턴가 봄은 겨울과 여름 사이에 낀 계절이 되었다. 또 언제부턴가 4월은 3월과 5월 사이에 낀 달이 되었다. 겨울과 여름 사이에 낀 봄. 3월과 5월 사이에 낀 4월. 이것과 저것 사이에서 둘 사이를 이어주는 것도 아니고 붙이거나 벌리는 것도 아닌, 그저 낀 상태로 머무는 것. 머물지도 못하고 그냥 지나치듯이 가는 것. 겨울과 여름 사이의 봄. 3월과 5월 사이의 4월.

그러고 보면 봄이 봄 같지 않은 지도 제법 된 것 같다. 봄이 봄 같지 않게 왔다가 봄 같지 않게 가버리는 것을 적이 아쉬워하면서도 도리없이 받아들인 지가 제법 되었다. 우선은 겨울이 예전보다 길어졌고(거의 3월까지 잠식한 것 같다), 여름도 예전보다 길어졌으며(5월 중순부터 여름을 느끼는 건 나만 그런가?), 그사이에 짧게는 한 달, 길게는 한 달 반가량 줄어든 봄이 연명하듯이 끼어 있는데, 끼어 있듯이 쪼그라든 봄은 봄대로 황사에 시달리고 역병에 휘청이면서 제멋을 못 내는 형국. 제맛도 못 느끼게 탁해진 봄. 겨울과 여름 사이에 끼어서 옹색해진 그 봄을 온전히 떠맡고 있는 4월도 탁하기는 마찬가지다. 이상하게 쾌청하지가 않다. 왜 그럴까? 봄의 전령이 되다시피 한 황사 때문에? 황사가 심하지 않은 해에도 4월은 이상하게 쾌청하지가 않다. 몇 년간 시달린 코로나 때문에? 코로나 지난 지가 언젠데. 그럼 무엇 때문에? 무슨 이유로? 글쎄다. 무겁게 말하자니 한없이 무거울 것 같아서, 가볍게 말하자니 또 가볍게 말해질 수 없는 것이라서, 많은 말을 품었다가도 도로 삼키는 달. 4월은 그래서 어렵다. 말하기도 어렵고 말하지 않기도 어렵다.

넌 뭐든지 어렵게 생각하는 게 병이야. 가까운 이들에게서 한 번씩 듣는, 종종 듣기도 하는 저 말이 사실이라면, 4월이 어려운 게 아니라, 내가 어려운 사람이다. 무엇이든 어렵게 느끼는 사람이다. 그래서 제대로 말도 못 붙이고 지나간 것이 얼마나 많은지 생각한다. 생각만 하다가 지나간 것들. 생각도 못 하고 지나친 것들이 또 얼마나 많은지 생각한다. 모르면서 생각만 한다. 하기야 언제는 알았던가? 앞으로는 알 것인가? 모를 일이다. 어떻게 해도 모를 일이니 모른다는 말은 그만하자.

4월 하면 같이 떠오르는 일들이 많다. 날짜만 떠올려도 고구마 줄기같이 따라올라오는 역사가 많다. 가령, 4·3, 4·16, 4·19라는 숫자는 단순히 날짜만 떠올리게 하지 않는다. 학살이 떠오르고, 혁명이 떠오르고, 바다에서 잃은 아이들이 같이 떠오른다. 그러면서 같이 떠오르는 것이 숱한 목숨이다. 인간의 목숨. 하루아침에 목숨을 잃은 이들이 같이 떠오르는 것이다. 아깝게 스러져간 타인의 목숨 앞에서 우리는 어떤 말을 해야 할까? 나는 어떤 말을 할 수 있을까? 글쎄다. 평생 말을 업으로 삼아온 사람에게도 내내 숙제로 남는 말이다. 숙제는 언제고 끝내면 그만이지만, 말은 끝낸다고 해서 끝내지는 문제가 아니다. 계속해서 다른 말을 남기면서 고민을 키운다. 그러니 아예 시작도 말자는 생각으로 삼킨 말들이 얼마나 많은가. 삼키고서도 개운하게 내려보내지 못한 말들이 또 얼마나 많은가. 마치 체한 것처럼 심중 어딘가에 걸려 있는 말들을 이참에 어떻게든 꺼내보려고 애를 써보았다.

애를 쓴다고 썼는데, 결과는 실패다. 더듬더듬 몇 마디 말을 뱉다가 지우고 뱉다가 지우기를 반복하다가 그만둔 글쓰기가 지난 몇 달간 내 작업의 전부다. 길어봤자 원고지 몇 매 분량에 그치는 토막글만 수두룩하게 글쓰기 폴더를 채운 것이 전부다. 어찌 보면 당연한 일이다. 타인의 고통과 불행을 대상으로 삼는 글은 언제나 무겁고 어렵다. 타인의 목숨을 담보로 쓰는 글은 말할 것도 없겠다. 어떤 말을 해도 쉬울 수가 없고 어떤 말을 해도 가볍게 넘길 수가 없기 때문이다. 그래서 다시 침묵을 택하자니, 오롯이 남는 것이 '나의 한계'다. 내 글쓰기의 한계이자 내 문학의 한계라고 해도 딱히 부정하고 싶지 않다.

너는 너밖에 몰라. 너는 너 말고는 담아낼 것이 없는 그릇이야. 아주 좁은 그릇. 아니면 아주 얕은 그릇. 이런 그릇이 한계를 넓히고자 애를 쓴다고 쓴 것이 겨우 몇 달이었으니, 달라져봤자 얼마나 달라졌겠는가. 어찌해도 변하기 힘든 그릇의 사이즈나 똑똑히 확인하고 돌아온 셈인데, 그럼에도 남는 생각이 있다. 남아서 다시 생각하게 된 것들이 있다. 타인의 고통이나 불행에 대해서 쓰는 것은 누구에게나 어려운 일이라는 것. 어렵고도 버거운 일이라는 것. 오히려 손쉽게 써지는 글이 있으면 그것이 더 이상한 일이라는 것. 실패한 글쓰기 앞에서 적당히 자책하고자 만들어낸 합리화일 수도 있으나, 그보다는 누구나 어려워하고 힘들어하는 글쓰기를 용감하게든 무모하게든 도전하려는 이들이 있다는 사실을 되짚고 싶다. 거의 불가능에 가까운 글쓰기에 들어가서 고투하는 이들의 작업을 새삼 경이롭게 바라본다는 말도 덧붙이고 싶다.

  타인의 고통이나 불행을 자신의 모자란 글쓰기로 감당하려는 노력이 성공하느냐 실패하느냐는 중요하지 않다. 성공이 보장되기는커녕 실패가 뻔히 보이는 길에서도 계속해서 밀고 나가는 글쓰기는 그것이 실패로 그치면 그칠수록 너저분한 잔해물을 남기는데, 이 너저분한 잔해물이 문학이 아니면 또 무엇일까 싶다. 문학은 그것이 고투의 흔적일수록 깔끔하지가 않다. 깔끔하게 정리되는 기록이 아니라 어찌해도 해소되지 않는 기억이 여기저기 낙서처럼 남겨진 메모에 가깝다. 자신의 상처에 대해서도 어찌하지 못하는 기억이 대부분인데, 타인의 상처에 대해서는 어찌 간단히 정리해서 말할 수 있을까. 적어도 문학이라면 그리고 시라면, 그럴 수가 없다. 그렇게 될 수가 없기에 아무리 도전해도 실패로 귀결될 수밖에 없는 글쓰기의 하나로 문학이 있고 시가 있는지도 모르겠다. 그래서, 그렇기 때문에라도 실패를 뻔히 알면서도 타인의 상처를 껴안고자 하는 글쓰기가 달리 보인다. 도중에 실패하면서 남겨놓은 온갖 잔해물로서의 글쓰기가 너저분하기는커녕 경이로워 보인다. 너저분하더라도 이보다 귀하게 너저분한 것이 또 있을까 싶게 누군가의 문학이 있고 시가 있고 그의 숭고한 도전이 있었다는 사실을 기억하고 싶다. 동시대에 몇 안 되는, 정말 몇 안 되는 그들에게 새삼 경의를 보낸다.

책을 준비하면서 계속 붙들고 있던 한마디가 있다. 영화

<일일시호일>에 나왔던 대사다. "무거운 건 가볍게, 가벼운 건 무거운 듯이 들어야 해요." 몇 년 전 작고한 배우 키키 키린이 극 중에 남긴 말이기도 하다. 무거운 것을 무겁게라도 들지 못하니 자연스럽게 기댄 말이겠다. 무거운 내용을 무겁게 말할 자신이 없으니 가볍게라도 말하자는 심산으로 붙들고 있던 말인데, 가볍게 말하는 것은 어디 쉬운가. 무겁게 얘기하는 것보다 더 어려운 일이라는 것은 몇 번이고 쓰다가 만 글을 지나면서 충분히 겪었다. 무거운 것을 무겁게도 들지 못하고 가볍게도 들지 못하니 수중에 남은 거라곤 쓰다가 만 원고뿐인데, 사실상 아무것도 없는 것과 다름없는데, 문득 아무 선물노 준비하지 못한 채 빈손으로 찾아와서 머쓱하게 서 있는 제자를 두고서, 먼 옛날 어느 선사가 남긴 말이 생각난다.

"그만 내려놓으시게."

선사의 눈에는 빈손으로 온 제자의 편치 못한 마음도 한낱 짐으로 보였나보다. 보이지도 않는 그 짐을 내려놓으면서 글을 마치고 책을 묶는다. 과연 나는 무얼 들고 왔던 것이고 무얼 내려놓는 것일까.

4
월
1
일
—
노
트

오늘 아침

아침에 새소리 듣는다. 창문을 여니까 들린다. 오랜만에 들으니 반갑다. 오랜만에 들리니 저게 새소리라는 생각. 새소리 들으니까 새소리인 줄 알겠다는 생각. 어느 종인지는 모른다. 어느 종이든 상관없다. 참새든 박새든 딱새든 상관없이 들린다. 한두 마리가 아니다. 몇 마리인지도 모른다. 그러나 들린다. 새소리. 그러다 그친다. 새소리. 어느 순간 그치고 나서야 그친 줄 알았다. 새소리.

들었으니까 들리는 새소리는 들었으니까 들리지 않는 새소리로 넘어간다. 들었으니까 잠잠해지고 들었으니까 조용해진 새소리는 들었으니까 안 들리는 소리를 낸다. 안 들리는 소리를 내는 때가 온다. 들어야 안 들리는 소리. 만나야 헤어지는 소리와 다르지 않다. 만나야 헤어지는 인연과 다르지 않다. 만나고 나서야 헤어질 수 있음을 매번 망각하면서 다시 듣는다. 어느 순간 다시 들린다. 새소리.

그쳤던 새소리가 그침을 그치고 다시 들린다. 그쳐야 다시 들린다. 그침을 그치는 수리 들린다. 그렇다면 안 들리고 나서야 들리는 소리. 그렇다면 헤어지고 나서야 만나는 소리. 헤어지고 나서야 다시 만나든 새로 만나든 만나지는 인연. 관계. 또 무엇이 있을까. 또 무엇이 있어서 헤어짐의 끝에 만남을 갖다붙일 수 있을까. 무엇이든 좋다. 무엇이든 헤어져야 헤어지는 것이고 만나지는 것인데, 다시 만나든 새로 만나든 이어지는 만남을 빼고 나면 온전히 헤어짐만 남는다. 이별만 남는다. 오늘 내가 빠이빠이 하는 누군가는 또 언제 어디서 다시 만나질지 알 수 없다. 아무도 장담하지 못한다.

굳이 결별하듯 빠이빠이 하지 않더라도 사실상 모든 헤어짐이 잠정적으로 이별이다. 출근하면서 하는 가족에게 남기는 인사가, 퇴근하면서 동료들과 나누는 인사가 이 세상의 마지막 인사가 되지 말라는 법 없다. 어디에도 없으니 누군가는 누군가를 잠재적으로 영원히 만날 수 없는 상태로 헤어진다. 내일의 만남은 내일이 되어야 알 수 있다. 내일이 되어봐야 만나는지 만나지 못하는지 알 수 있다.

내일은 내일의 태양이 떠오른다지만 내일은 내일의 만남을 철석같이 보장하지 못한다. 가까스로 기약할 뿐이다. 우리 어쩌면 내일 못 만날지도 몰라. 우리 어쩌면 오늘 보는 것이 마지막일지 몰라. 우리 어쩌면 지금 이 순간이 마지막 인사야. 안녕. 그럼에도 철석같이 내일 보자는 식으로, 다음에 보자는 식으로 인사를 한다. 그래야 안심이 되는가. 그래야 안심이 되기도 한다. 안심은 안심이지 등심은 아니다. 안심은 안심이지 한심도 아니다. 안심은 안심이고 마음의 일이고 마음을 놓는 일이고 그래야 하루라도 평안히 보낸다. 몸도 마음도 평안해야 별 탈 없이 내일을 맞을 수 있다는 믿음. 그런 믿음으로 평안히 밤 인사를 하는 연인도 부모 자식도 동료도 친구도 심지어 남남도 있겠지만, 중요한 것은 밤 인사. 평안해야 하는 밤 인사. 밤 인사까지 망치면서 누군가와 통화하고 싶지 않다. 대화를 나누고 싶지 않다. 문자 한 통도 아깝다. 아까우니 문자 한 통을 하더라도 이왕이면 평안한 인사. 평안한 밤을 보냈으면 하는 인사. 인사말이지만 그보다 더 나은 말도 없으니 역시나 평안을 바라는 인사. 밤사이 평안하기를. 가만있어도 불안하니까 가만히 지나는 밤을 가만히 두지 못하고 바라는 거겠지. 평안하기를. 별일 없기를 바라는 마음으로 매번 너를 보낸다. 밤을 보내고 너를 보낸다. 얼마나 많은 너를 보내고 나서야 평안해질까. 완전히 보내고 나서야 평안해지겠지. 완전히 이별하고 나서야 평안해진다면, 그 순간은 내가 없어지는 순간 말고는 없겠지. 세상 모든 것과 이별하는 순간 말고는 없는 거겠지.

그러니 죽음 너머로 간 이들에게 보내는 마지막 인사. 거기서는 평안하기를 바라는 인사. 그 인사가 없더라도 너는 비로소 평안해졌음을, 아무것도 증명되지 않지만, 증명할 수도 없지만, 그럼에도 평안에 이르렀음을 전제로 또 인사한다. 다시 보자는 말은 도무지 못 하겠다. 이번이 마지막이어야 한다. 이번이 마지막이라는 생각으로 너를 보낸다.

매일 너를 보내고 있다.

4
월
2
일
—
시

비가 왔다

어제는 비가 왔다. 햇빛에 물이 넘치고 있다. 어제는 비가 왔다. 물빛에 얼굴이 넘치고 있다. 얼굴을 보라. 얼굴이여 보라. 넘쳐서 어디까지 흘러가는지. 기분에 따라 다르다. 감정에 따라 다르고 날씨에 따라서도 다르다는 비가 왔다. 어제는 흘러넘쳤다. 오늘까지 넘치고 있는 비가 왔다. 나는 장례식에 참석할 것 같다. 아직 죽었다는 소식은 도착하지 않았다. 오십 년 넘게 친구였는데 비가 왔다. 물이 넘치고 있다. 그는 충분히 살았다는 표정이다. 표정은 충분했다. 물이 다 빠져나간 표정이다. 넘치고 있는 표정이다. 무엇이? 그런데 무엇이? 비가 왔다. 햇빛에 물이 넘치고 있다. 물빛에 얼굴이 넘치고 있다. 기쁨은 아니었다. 환희도 아니었다. 슬픔도 남의 표정 같았다. 절망은 이미 물러갔고 증오는 먼 나라의 끝나지 않는 전쟁 이야기. 전쟁은 끝났다. 평화도 먼 나라의 끝나지 않는 이야기. 무슨 상관이란 말인가. 비가 왔다. 하루도 못 가는 비가 왔다. 이튿날까지 넘치고 있다. 다 넘치고 나서야 도착할 것 같다. 장례식에 갔다. 이 하루가 끝날 것 같지 않다.

4월 3일 — 에세이

빨리 드라이버

차창 밖으로 진눈깨비 쏟아진다. 버스는 이십 분째 국경
에서 멈춰 있다. 4월인데도 키 큰 전나무 숲이 온통 흰 눈을
뒤집어쓰고 겨울처럼 서 있는 이곳은 슬로바키아에서 폴
란드로 넘어가는 국경. 여권을 걷어간 검문소 직원들은 사
무실에서 하릴없이 검사중인지 지루한 시간만 흐른다. 버
스 안의 승객은 모두 스물네 명. 가이드를 포함하여 모두 한
국인 관광객이다. 모두 여행사를 통해서 10박 12일 일정으
로 동유럽 투어를 왔다. 국경을 통과하려면 보통은 이삼십
분씩 잡아먹는다는 가이드 말을 새삼 실감하면서 사람들은
또 차창 밖을 본다. 눈이 쏟아지고 있다.

검문소 앞에서 요셉이 폴란드 직원들과 한담을 나누고 있는 모습이 보인다. 요셉은 우리들의 버스를 운전하는 기사이면서 폴란드인이다. 독일에서 시작하여 동쪽으로 오스트리아와 헝가리, 그리고 슬로바키아를 지나는 이 국경까지 우리를 싣고 달려온 사람, 맨 처음 보았을 때 이십대 청년으로밖에 안 보이던 그가 나중에 서른여덟 살의 어엿한 가장이라는 사실을 듣고는 적잖이 놀랐다. 그만큼 앳되어 보이는 인상이었는데, 그 인상과 달리 경력은 꽤 오래되어서 벌써 십 년이 넘게 이 일을 해오고 있단다. 투어 둘째 날인가에 가이드가 일러주어서 알았다.

요셉이 하는 일은 단체 관광객이 프랑크푸르트 공항에 내리면 그때서부터 여행이 끝날 때까지 그들을 태우고 유럽의 여러 나라를 운전하는 일이다. 버스는 그가 일하는 회사에서 지급한 것이고 그는 회사 일정에 따라 움직인다. 빡빡한 일정을 따르다보니 자연히 모국인 폴란드에서 머무는 시간보다 타국을 떠도는 시간이 더 많다. 한 달에 한두 번 집에 들어가는 정도가 고작인데, 그에게는 아내가 있고 아들이 있고 이제 겨우 생후 십오 개월을 넘긴 늦둥이 딸이 하나 있다. 아들의 나이가 열두 살이라 하니 신혼 때처럼 불쑥불쑥 아내가 보고 싶거나 집이 그립거나 하지는 않을 것이다. 그러나 사람 마음이 어디 그런가. 같이 지내는 시간보다 떨어져서 지내야 하는 시간이 훨씬 많은 직업 탓에 누구보다 그립고 아쉬운 것이 가족들의 품일 것이다. 이제 십오 개월을 넘긴 딸아이는 오죽 보고 싶을까.

이름이 올리비아라고 했다. 그 딸아이를 안고 아내가 폴란드 국경 근처 휴게소로 나오는 날이 바로 오늘이다. 오늘처럼 슬로바키아에서 폴란드로 넘어가는 날이면 아내 역시 먼길을 직접 차를 몰고 와서 기다린다. 그 휴게소를 지척에 두고서 우리들의 여권은 검문소에서 좀처럼 돌아오지를 않는다. 삼십 분이 지났을까. 검문소 직원이 스물네 개의 여권을 뭉치째 들고 와서 버스에 내려놓는다. 요셉은 언제 들어왔는지 버스의 시동부터 건다. 자, 이제 폴란드 땅이다.

유럽 땅 한가운데 놓인 폴란드는 이상하게 우리와 비슷한 역사를 밟아온 나라다. 러시아와 독일 같은 강대국 틈에 끼여서 이리 치이고 저리 치이면서 제 나라 주권을 유지하는 것만도 벅찼던 나라. 그래서 외침이 끊이지 않았던 그 나라의 운전기사, 요셉이 가장 좋아하는 관광객들도 이상하게 한국 사람이다. 정이 많아서 그렇단다. 요셉과 벌써 서너 번 투어 경험을 한 적이 있는 가이드는 따로 물어볼 필요도 없이 이 폴란드 기사의 속내를 대신 털어놓는다. 그러면서 이 사람 됨됨이까지 은근히 자랑해준다. 성실하고 착하고 늘 웃는 얼굴이라는 건 일주일 넘게 그를 겪어본 우리도 충분히 믿음이 가는 얘기다. 우리가 버스를 타고 내릴 때 그가 서툴게나마 한국말을 섞어서 인사를 하는 모습도 더는 낯설지가 않다. 금발의 그 얼굴에서도 어느새 정이 묻어날 무렵 한국인 관광객들은 보기 드문 가족 상봉의 장면을 덤으로 목격하게 된 것이다.

국경을 지나면서 요셉은 은근히 속도를 높이는 것 같다. 비가 올 때면 비가 오는 대로, 눈이 올 때는 눈이 오는 대로 차분하게 결을 따라가듯 운전하는 그의 성격을 잘 아는 가이드가 농담 삼아 한마디 던진다. 폴란드 땅에 들어서니까 이상하게 속도가 빨라진다고. 아마도 가족들을 눈앞에 둔 속마음을 떠보려는 것이리라. 그러자 금발의 이 운전기사

가 웃으면서 하는 말이 걸작이다. "요셉, 빨리 드라이버!" 한
국말도 영어도 아닌 이 국적 불명의 말을 듣고 가이드는 한
참을 웃고 있다. 웃음에 동참하는 것은 나머지 승객들도 마
찬가지다.

버스는 어느새 휴게소 앞에 도착해 있다. 보통은 십오 분
에서 이십 분 정도 쉬었다 가지만 이번 휴게소에서는 삼십
분 넘게 쉬었다 갈 거라고 가이드가 승객들에게 미리 양해
를 구한다. 일행 중에서 아저씨 한 분은 한 시간도 좋으니
푹 쉬었다 가자고 말한다. 아예 버스를 통째로 비워주자는
분도 있다. 오랜만에 내외간에 오붓한 시간을 보내야 한다
면서. 사람들은 화장실 가는 일도 잊고 요셉이 가는 곳을 따
라간다.

휴게소에는 정말로 그의 아내와 어린 딸이 나와 있다. 올
리비아! 이름만큼이나 이쁜 딸아이를 요셉이 안아볼 틈도
없이 한국인 아주머니들이 덥석 안는다. 이 사람도 안아보
고 저 사람도 안아보면서 마치 자기 딸처럼 자기 손주처럼
품안에 안긴 이 인형 같은 아이를 이뻐하는 것이다. 아빠를

닮아서 그런지 검은 머리의 낯선 사람들 품에서도 올리비아는 시종 웃는 얼굴이다. 오히려 머쓱한 사람은 요셉이다. 자기보다 더 반가운 듯한 이 사람들을 멀찍이서 지켜보다가 나중에야 자신의 혈육을 안고 볼에 입을 맞춘다. 못 보는 사이 아이는 좀더 무거워졌을 것이다. 좀더 이뻐지고 좀더 사랑을 쏟아부어야 하는 이 아기를 오랜만에 품안에서 느낀다.

그러나 한 달은 멀고 삼십 분은 금방 지나간다. 올리비아를 안고 모처럼 아내와 말을 섞는 요셉의 얼굴에서 나는 문득 고모부의 얼굴을 떠올렸다. 다섯 남매를 키워내려고 저 열사熱沙의 땅 중동으로 떠나던 오래전 고모부의 얼굴을. 한번 나가면 몇 년씩이고 망망대해를 떠돌아야 하는 원양 선원이었던 이모부의 얼굴도 떠오른다. 시간이 얼마나 지났을까. 요셉이 탄 버스는 다시 먼길을 떠난다. 휴게소 옆 길가에 세워둔 가축 트럭에서 쉬지 않고 양들의 울음소리가 들려왔다. 그 울음소리가 오래 귓전을 맴도는 하루였다.

4

월

4

일

—

에세이

성난 얼굴인가?
부끄러운 얼굴로 돌아보라*

품격. 익히 들어봐서 잘 아는 말 같지만, 의외로 막연하게 다가오는 말이다. 비슷하게 품위라는 말도 떠오르고 기품이라는 말도 떠오르는데, 막상 정확한 뜻을 설명하기는 쉽지 않다. 헤매지 말고 사전부터 뒤적여보자. 표준국어대사전에는 이렇게 뜻풀이가 되어 있다. 품격品格: ① 사람 된 바탕과 타고난 성품. ② 사물 따위에서 느껴지는 품위. 풀이대로라면, 품격은 사람에게 적용할 경우 태생적으로 결정되는 것에 가깝다. '타고난 성품'이란 풀이도 그러하고 '사람

36

된 바탕'이라는 풀이도 태어날 때부터 따라붙는 조건으로 읽히기 때문이다.

　품격을 이처럼 태생적인 조건에만 결부시키면, 그러니까 태어날 때부터 결정되는 것으로 받아들이면, 의외로 속은 편할 수 있다. 고민한다고 해결될 문제가 아니니까. 그저 타고난 성품대로, 주어진 바탕대로 살아가면 되는 문제인데, 뭐하러 애써 고민하고 번민하는 시간을 가지겠는가. 그러나 이건 사전적인 뜻풀이에만 매달릴 때 나올 수 있는 판단이고, 현실은 엄연히 다르다. 태어날 때부터 품격이 결정된 것이든 아니든 인간은 괴롭다. 나날이 부딪히는 온갖 생활전선의 일이 괴롭고, 그런 일을 슬기롭게 헤쳐나가지 못해서 또 괴롭다. 돈을 많이 못 벌어서 괴롭고, 없는 형편에 사람 구실을 하려다보니 괴롭고, 그마저도 제대로 하지 못해서 또 괴롭다. 가족이든 친구든 가까운 이들을 챙겨야 할 때 챙기지 못해서 괴롭고, 그런 자신을 책망하다가 정작 자기 자신은 잘 챙기는가 했을 때 또 그렇지 못해서 괴롭다. 인간은 괴로운 존재다. 어찌해도 괴로운 존재이고 괴로울 수밖에 없는 존재라는 사실을 자각하면서 되어가는 것이 있으니, 바로 어른이다.

　어른이라는 말, 이 말의 무게를 실감하면서 우리는 또 어른이 되어간다. '다 자라서 자기 일에 책임을 질 수 있는 사람'이라는 사전적인 뜻을 참고하면, 어른으로서 느끼는 무게감은 달리 말해 책임감이다. 책임감 없이는 어른으로 인정받을 수 없다는 말이기도 하다. 그럼 책임감 있는 어른이 되기 위해서는 어떻게 해야 할까? 어떤 것을 조건으로 갖춰야 할까? 우선은 자신에게도 사회에도 유의미한 가치를 지니는 일을 해야 할 것이고, 경제적으로는 자신을 비롯하여 가속을 돌볼 수 있는 최소한의 생계 활동을 해야 한다. 인격적으로 최소한의 성숙함을 갖춰야 하는 것도 당연히 따라 붙는 조건이다. 저 셋 중 어느 하나라도 함량 미달이 되면, 그런 사람에게 우리는 어른이라는 칭호를 붙이지 않는다. 육체적으로 다 자랐다는 점에서는 어른이겠으나, 어른다운 어른, 그러니까 책임감을 지닌 어른으로서는 인정을 해주지 못한다.

　책임을 질 수 있는 어른이 되기 위해서도 갖춰야 할 저 세

가지 조건은 그러나 어느 하나도 손쉽게 얻어지는 것이 없다. 모두 어떤 식으로든 희생이나 대가를 치러야 얻는 것이기에 어른이 되는 길이 그토록 힘든 일인지도 모르겠다. 그렇다고 시험에 합격하는 것처럼 일정 수준을 넘어서면 끝나는 일인 것도 아니다. 일생에 걸쳐서 따라붙는 어른 되기의 과정은 일생에 걸쳐서 자격을 갱신하는 일이나 수양을 계속하는 일처럼 고달프다. 그러니 괴로울 수밖에. 그러니 무겁고 버거울 수밖에.

자신의 삶에서 품격을 갖추는 일도 따지고 보면 어른이 되는 길만큼이나 고달프다. 우리는 아이들에게까지 품격을 요구하지 않는다. 어른이라고 할 만한 이들에게 요구하고 기대하는 것이 품격이므로, 품격을 갖추기 위해서도 우선은 어른다운 어른이 되는 것이 순서겠다. 어른다운 어른에게서 나오는 기품이나 품위가 품격이라고 해도 좋겠다. 실제로 어떤 사람에게서 품격이란 것이 느껴지기 위해서는, 자신의 일에 긍지를 가지고 있어야 하고, 최소한 자신의 생계 정도는 책임질 수 있어야 하며, 무엇보다 성숙한 인격을 갖추고 있어야 가능한 일이다. 어른이 되는 조건과도 맞물

려 있는 저 셋 중에서 마지막에 나오는 성숙한 인격에 대해 좀더 얘기를 하자.

*

흔히 말하는 인격이나 인성은 저 혼자 있을 때는 잘 드러나지 않는다. 타인과 접촉하는 과정에서 곧잘 드러나는 것이 한 사람의 인격이고 인성이라면, 그 사람의 품격 역시 타인에 대한 태도나 타인과 맺는 관계를 통해 어느 정도 가늠할 수 있다. 그 사람이 타인을 어떻게 대하는지, 어떤 방식으로 타인과 관계를 맺는지, 또 어떤 타인들과 어울리면서 사회를 이루는지, 이런 것들을 통해 한 사람의 인격은 물론이고 품격까지 어느 정도 짐작할 수 있다. 가령, 타인을 거칠게 대하는 사람은 관계 맺음도 거칠 수밖에 없고 서로 어울리는 방식도 무리를 이루는 방식도 거칠 수밖에 없다. 폭력적인 태도가 폭력적인 관계를 부르고 폭력적인 집단으로 이어지는 것은 자연스럽다. 거기서 기대되는 인격이나 품격 또한 타인을 향한 존중이나 배려와는 거리가 먼 인격이고 품격일 것이다.

마치 한 세트처럼 따라붙는 '태도'와 '관계'와 '집단'은 그대로 한 사람의 인격을 설명하는 서사이면서 한 사람의 품격을 되비추는 이미지가 된다. 때로는 단편적으로 보이는 이미지 하나가 백 마디 말을 대신할 수도 있다. 타인을 대하는 태도 하나만 보아도 그 사람이 어떤 사람들과 어떤 관계를 맺으며 어떤 무리를 이뤄왔는지가 어렴풋이 보이는 것이다. 한 사람의 인생사가 소소한 태도 하나에도 묻어날 수 있으니, 말 한마디 행동 하나에도 늘 조심하라는 가르침이 귀에 딱지가 앉도록 따라붙는 것이겠다. 그러나 이미 몸에 밴 습관은 아무리 조심한다고 해도 부지불식간에 비집고 나온다. 행동과 행동 사이, 말과 말 사이를 기어이 비집고 나오는 '제 버릇'은 누구도 막아줄 수 없다. 그런 점에서 한 사람의 인격은 어느 순간 묻어나오는 분비물과 같다. 아니면 자체 발광하듯이 저절로 눈에 띄는 것이 그 사람의 인격이고 품격일 것이다.

저절로 눈에 띄는 그것이 아름다운 광경이면 보는 입장에서도 덩달아 아름다워질 것처럼 기분 좋은 일이 되겠으나, 애석하게도 그런 경우는 흔치 않다. 아름답기는커녕 눈

살을 찌푸리게 하는 광경을, 때로는 개탄을 금치 못하는 광경을 목도해야 하는 경우가 더 많다. 멀리 갈 것 없이 직장이나 학교에서, 버스나 지하철에서, 식당이나 편의점에서 저 사람 왜 저럴까 싶게 행동하는 경우를 자주 본다. 담배 한 갑 사면서 처음부터 끝까지 반말로 편의점 점원을 대하는 사람, 음식이 늦게 나온다고 식당 종업원을 쥐 잡듯이 잡는 사람, 고속버스에서 앞자리가 비었다고 앞좌석 팔걸이에 턱 하니 발을 올리고 가는 사람, 그러면서 등받이는 뒷좌석에 누가 있건 말건 신경 쓰지 않고 끝까지 젖히고 가는 사람, 회의 시간에 타인의 의견은 안중에 없고 자기 생각만 일장 연설하듯이 늘어놓는 사람, 어쩌다 자기 생각과 다른 의견이 나오면 화부터 내면서 윽박지르는 사람…… 사람 사이에 지켜야 할 최소한의 예의란 것을 모르거나 무시하는 저런 행태를 보이는 이들이 다른 자리에 간다고 해서 다르게 행동을 할까?

물론 자기보다 더 힘있고 더 높은 자리에 있는 사람 앞에서는 극도로 조심할 수도 있다. 안면을 싹 바꾸고 세상 매너 좋은 사람처럼 굴 수도 있다. 그러나 그것이 타인에 대한 기본적인 존중과 배려에서 나온 매너가 아니라면, 개도 못 주는 '제 버릇'은 어디 가서도 다시 튀어나온다. 자신이 힘있고 높은 위치에 있다고 자부할수록 개도 못 받아들일 그 버릇은, 그 매너는, 그 인성은 더 빈번하게 더 심각하게 드러날 것이다. 주변을 불편하게 만드는 정도를 넘어 불행하게 만들 수도 있는 저와 같은 인성에서 품격을 논할 수 있는 구석이 얼마나 될까? 거의 없을 것이다. 논할 수 있는 품격이 없거나, 논한다고 하더라도 떨어지는 품격만 보이는 사례는 얼마든지 더 있다.

*

헌책방에 가면 한 번씩 이런 책들을 볼 때가 있다. 속지에 저자의 서명이 들어가 있는 증정본이 그것이다. 그런 책을 볼 때면 여러모로 마음이 착잡해진다. 이제껏 십여 권의 책을 출간한 입장에서, 나의 책도 저처럼 내 서명이 들어간 상태로 헌책방을 전전할 수도 있다는 걸 상상하면 마음이 영 불편해진다. 우선은 책을 증정했던 상대에게 섭섭한 마음이 들 것이고, 나의 책을 어떤 이유에서 저렇게 취급했는지를 따져볼 것이고, 나아가 그 사람의 무성의하거나 부주의

한 인성을 의심해보다가, 급기야는 그 사람의 신상에 무슨 문제가 생겼나 하는 쓸데없는 염려까지 할지도 모른다. 그런데 이건 책을 증정한 저자로서 가질 법한 생각이고, 증정한 사람도 증정받은 사람도 아닌 제삼자로서 가지는 생각은 또 다를 것이다. 잠시나마 책을 증정한 사람의 위신이 깎이는 것과 별개로, 증정받은 서명본을 저처럼 헌책방에서 발견되도록 방치한 사람을, 사실상 버리는 것과 다름없이 취급한 사람을 다시 보게 되는 것이다. 책에 대해서도 사람에 대해서도 얼마나 무성의하고 부주의하면 누군가의 서명이 들어간 속지를 뗄 생각도 하지 않고 책을 팔았을까, 아니 버렸을까, 이런 생각을 하시 않을까?

이런 생각을 할 수도 있는 제삼자를 생각하면, 즉 타인의 이목을 생각하면, 서명본을 증정받은 입장에서 그 책이 마음에 안 들거나 불필요하거나 아니면 다른 피치 못할 사정으로 책을 처분해야 할 때, 최소한 서명이 들어간 속지만큼은 제거하고 버리거나 팔거나 할 것이다. 여기서 곰곰이 따져볼 것이 있다. 증정본 속지에 들어간 저자의 서명도 중요하지만, 그보다 더 중요하고 치명적인 것이 증정받은 이의 이름이 들어가 있다는 점이다. 헌책방에서 발견된 서명본의 저자는 잠시 체면이 깎이는 정도의 망신을 당하지만, 증정본을 받은 이의 이름은 그보다 더 오래, 더 깊이 불명예스럽게 각인된다. 아무렇게나 버려진 책은 그 책을 준 사람의 이름보다 책을 받은 사람의 이름에 더 큰 오점을 남기는 것이다. 이 사실을 자각하지 못하는 사람이라면, 저자의 서명본은 물론이고 아예 책이라는 것을 선물받을 자격이 없는 사람이다. 책에 대한 최소한의 경외심도, 서명본에 대한 최소한의 존중도 배려도 없는 사람에게 무슨 책이 필요하겠는가. 증정받은 자로서 자신의 이름이 떡하니 찍혀 있는 것도 뭐 그리 대단하게 여길까 싶다.

타인에 대해 존중과 배려가 없는 사람은 일차적으로 타인에게 민폐를 끼치는 인물이지만, 궁극적으로는 자기 자신을 망신시키는 사람이다. 문제는 자기 망신을 초래하는 일을 스스로 행하고 있다는 것을 모른다는 사실이다. 자기 망신인 것을 모르니 그토록 함부로 책을 대하고 아무렇지 않게 서명본을 버리는 것일 게다. 앞서 언급한 타인에게 불편과 불행을 끼치는 여러 사례 역시 타인에 대한 존중과 배려 이전에 자기 성찰을 하는 능력 자체가 부족한 데서 생기는 일일 것이다. 요컨대 자기 성찰을 못 하는 사람은 타인에 대해서도 사려 깊은 생각과 행동을 하기가 힘들다. 자기를 돌아볼 만한 그릇이 못 되면 눈치라도 갖춰야 하는데, 그런 눈치조차 기대할 수 없는 사람이라면 더더욱 구제할 길이 막막해진다. 어찌해도 구제할 길이 없는 상태에서 남아 있는 길은 나락의 길밖에 없을 테지만, 문제는 저 혼자서만 불행의 나락으로 빠지지 않는다는 사실이다. 그와 인접한 주변 사람들에게까지 온갖 악영향을 끼치면서 나락으로 향하는 길을 키워간다는 사실이다. 만약 그가 한 집단의 수장이면 집단을 나락으로 보내고, 한 국가의 수장이면 국가를 나락으로 보낸다.

*

다시 말하자. 자기 망신이 뭔지를 모르는 인물은 자기가 속한 집단의 망신도 철저히 모를 수 있다. 같은 논리로 개인으로서 갖춰야 할 품격이 뭔지를 모르는 인간은 집단의 품격도 철저히 외면할 가능성이 크다. 어쩌다 팔자가 좋아서 리더의 위치에 오르더라도 그가 속한 집단의 격을 높이기는커녕 깎아먹기만 할 것이다. 국가의 격, 즉 국격도 리더의 품격에 따라 지속적으로 높아질 수도 있고, 한순간에 나락으로 빠질 수도 있다. 그러니 어느 집단이건 리더를 정하는 과정에서 한 개인의 실력, 경력, 배경뿐만 아니라 사람으로서의 됨됨이, 즉 품격을 따지는 일은 매우 중요하다. 국가의 수장을 뽑는 일은 말할 것도 없겠다. 한 나라의 운명이 한 개인의 인격과 품격에 따라 달라질 수도 있기 때문이다.

만약 개인의 품격을 따지는 일을 도외시하여 지도자를 잘못 뽑았다면, 그래서 그 집단의 품격도 같이 떨어지는 지경에 처했다면, 무엇보다 그런 사람을 지도자로 뽑은 집단의 구성원이 뼈저리게 반성해야 한다. 그래야 똑같은 실수를 반복하지 않을 테니. 반성을 통한 학습의 효과는 하나다. 인간 됨됨이로서의 품격은 자기 성찰을 할 수 있는 사람인가 아닌가, 그래서 자기반성이라는 것을 할 수 있는 사람인가 아닌가로 결정되며, 지도자로서 갖춰야 할 가장 밑바닥이자 근간에 놓이는 자질도 바로 자기 성찰이나 자기반성의 능력에 놓일 것이다. 자기반성은커녕 자기 망신이 뭔지도 모르는 사람은 무엇보다 주변 사람을 망신스럽게 만든다. 마찬가지로 자기 망신을 모르는 지도자는 나머지 구성원들을 한없이 망신스럽게 만든다. 끝내는 자신은 물론이고 집단의 품격까지 나락으로 보내고서야 망신의 퍼레이드를 멈출 것이다.

그 지경까지 경험하고도 되풀이해서 그와 같은 지도자를 계속 뽑는다면, 도리가 없다. 그 집단 자체가 품격이 없다고 봐야 할 것이다. 자기 망신을 모르는 집단이고, 망해도 싼 집단인 것이다. 더 망하지 않기 위해서도 해야 할 일이 있다. 그런 지도자를 뽑은 자신의 낯짝을 보는 것이다. 부끄러움은 엉뚱한 사람들에게 돌아가지 않는다. 당사자들에게 돌아간다.

4월 5일 — 에세이

잘 보내줘야 잘 받을 수 있다

늦은 저녁에 산책하러 나갔다가 한적한 골목길에서 배드민턴 치는 사람들을 본다. 오랜만에 보는 광경이다. 엄마와 어린 아들쯤 되어 보이는 두 사람이 배드민턴을 치고 있다. 셔틀콕과 라켓이 부딪히며 내는 경쾌한 소리를 모처럼 들어보겠다 싶어 잠시 걸음을 멈추고 본다. 허공을 가르는 셔틀콕의 날렵한 몸놀림도 덤으로 구경하겠다 싶었는데, 웬걸 두 사람의 배드민턴 실력이 영 시원찮다.

대여섯 살쯤 된 어린 아들은 배드민턴을 처음 배우는지 손에 든 셔틀콕을 공중으로 쳐올리는 동작부터 어설퍼 보인다. 엄마도 실력이 그리 좋아 보이지는 않는다. 아들이 아무렇게나 쳐올린 셔틀콕을 거의 받아내지 못하고 있다. 순서를 바꾸어 엄마가 먼저 셔틀콕을 쳐올려도 마찬가지. 어린 아들은 날아오는 셔틀콕 앞에서 연신 허공만 휘젓고 있다. 셔틀콕에 담긴 '왕복shuttle'이라는 의미가 무색하게, 한번 날아간 셔틀콕은 좀체 돌아오지를 못하고 땅에 떨어지고만 있다. 신나게 랠리를 이어가지 못하니 재미가 떨어질 법도 한데, 두 사람은 의외로 진지하다. 열심이다. 잘 맞지도 않는 셔틀콕을 맞추려고 이리 움직이고 저리 움직이면서 땀을 흘리고 있다.

그래, 저것도 운동이라면 운동이다. 이런 생각으로 미련 없이 발길을 돌리는데, 삼십 년 가까이 말 다루는 걸 업으로 삼아온 사람답게 또 이런 생각이 달라붙는다. 말이든 셔틀콕이든 잘 보내줘야 잘 받을 수 있다는 생각. 네트를 사이에 둔 온갖 구기종목이 그렇듯이 배드민턴 역시 서로 공을 주고받는 것을 기본으로 한다. 대화하듯이 서로 잘 주고받기 위해서도 우선은 공을 잘 넘겨주려는 태도와 그에 걸맞은 기술을 갖추고 있어야 한다. 여기에 잘 넘어온 공을 잘 받아서 넘겨주려는 상대의 태도와 기술이 뒤따르면 그때부터 랠리가 시작된다. 이쪽과 저쪽을 사이좋게 오가는 공을 볼 수 있는 것이다.

이쪽과 저쪽을 이어주는 셔틀콕의 아름다운 왕복 운동을 보기 위해서도, 전혀 다른 사람끼리 붙어서 흥미진진한 대화를 이어가기 위해서도 필요한 것. 공을 잘 넘겨주듯이 말 한마디도 신경써서 상대에게 넘겨주는 것. 상대가 받을 수 있도록, 기왕이면 잘 받아서 잘 되넘길 수 있도록 배려하는 태도와 기술은, 말로 주고받는 대화에서도 공으로 주고받는 운동에서도 똑같이 중요하다. 어쩌면 기본 중의 기본이랄 수 있는 이러한 태도와 기술은 처음 말을 배우고 공을 익힐 때도 중요하지만, 전문가가 되고 나서도 늘 잊지 않고 새겨둬야 하는 덕목이다.

가령, 어떤 논쟁에서도 밀리지 않는 논리와 언변을 갖춘 논객일지라도, 날카롭게 공격하는 말의 이면에는 늘 상대와 대화하려는 태도를 기본으로 깔고 있어야 한다. 만약 그러한 태도가 결여된 논객이라면, 얼마 못 가서 독불장군이라는 소리부터 들을 것이다. 마찬가지로 공을 다루는 솜씨가 세계 최고 수준을 자랑하는 선수일지라도 본 게임에 들어가기 전에는 항상 상대와 공을 주고받는 것으로 몸을 푼다. 반대편 코트에 숙명의 라이벌이 있거나 기량이 한참 못 미치는 상대가 있거나 할 것 없이 시합에 들어가는 방식은 똑같다. '사이좋게' 공을 주고받는 시간부터 가진 다음 시합에 들어가는 것이다.

시합을 잘하기 위해서도 먼저 상대에게 공을 잘 넘겨주는 연습이 필요하다면, 말을 잘하기 위해서, 말로 빚은 관계를 잘 가꾸어가기 위해서 필요한 것도 어쩌면 단순한 것이다. 한마디 말도 잘 내보내야 잘 돌아올 수 있다는 사실. 어떤 말이든 잘 보내줘야 상대가 잘 받을 수 있고 결과적으로 내가 잘 받을 수 있는 말이 된다는 사실을 늘 신경써야 한다는 것인데, 어디 그게 쉬운가? 쉽지 않으니까 아직도 돌아오지 않는 말을 계속 만들어내는지도 모르겠다.

문제는 내게서 튀어나간 어떤 말이 끝내 돌아오지 못하고 누군가의 가슴에 대못처럼 박혀 있을지도 모른다는 사실이다. 이걸 생각하면 한마디 말도 예사로 할 수가 없는데,

그럼에도 우리는 또 말을 한다. 셔틀콕을 바꿔서라도 계속 배드민턴을 한다.

4월 6일 一시

멀어진 사람

그러고 보니 온통 멀어지는 사람들뿐이다. 가까워지는 사람은 없다. 가까워졌다면 멀어지는 일만 남은 사람들뿐이다. 우리가 얼마나 더 멀어졌을까 그걸 생각하면서 우리는 서운해한다. 섭섭해하고 미움도 잔뜩 쌓아놓지만, 결과는 다르지 않다. 멀어진다. 끝내는 멀어진다. 가까워졌다가도 멀어진다. 어쩔 수 없는 일이다. 가까워지는 사람이 있으면 멀어지는 사람도 있겠지 생각한다. 그래서 더 멀어진 사람도 있었지만 어차피 멀어질 거 화끈하게 더 멀어진 걸 후회하지 않는 사람도 있다. 내가 여기 있고 저기에는 없는 사람인 것처럼. 그가 거기에 있고 어디에도 없는 사람인 것처

럼. 그래서 둘 다 어디 있는지를 서로가 짐작조차 할
수 없는 곳에서 우리는 멀어지는 사람을 생각한다. 이
미 멀어진 사람도 생각한다. 앞으로 멀어질 사람도 생
각조차 하기 싫지만 언젠가는 해야 하는 순간이 멀리
서나마 온다. 바로 가까이에 붙어 산 적도 있었는데.
이웃은 멀리 이사 갔고 친구는 소식조차 모르겠고 그
가 친구 였는지조차 기어이 가뭇가뭇한 사람이 한 번
씩 뜬금없이 생각날 때, 아 그는 멀어진 사람이었다.
멀어지고 만 사람이었다. 더 멀어질 수 없는 사람이
더 멀어지면서 손짓한다. 안녕, 하고 인사한다.

4 월 7 일 ― 에세이

4 월

문득 그 배우의 이름이
생각나지 않을 때

한 번씩 단어 하나가 생각나지 않아서 애먹는 때가 있다. 누군가와 대화하거나 강의실에서 수업할 때, 말하고자 하는 어떤 단어가 갑자기 생각나지 않아서 난감해지는 경우가 있다. 이럴 때는 그 단어와 비슷하다 싶은 단어를 찾아서 얼른 고비를 넘기는 게 상책이다. 어쩔 수 없이 그 단어를 정확히 찾아내야 하는 경우도 물론 있다. 그 단어를 빼놓고선 대화도 수업도 더 진행하기가 힘들 때에는 어떻게든 분실물을 찾듯이 찾아내야 하는데, 이럴 때는 그 단어와 연관되는 것들을 무작정 떠올려보는 수밖에 없다. 마치 스무고개 하듯이 찾고자 하는 단어 주변을 하나하나 헤집어가다보면, 어느 순간 번뜩 하고 생각날 때가 있기는 있다. 아 맞다, 이거

였지 하면서 떠오르는 단어가 대단히 어려운 개념을 담고 있는 경우는 드물다. 익숙한 단어이거나 누구나 다 아는 이름인 경우가 더 많다.

몇 해 전 친구와 같이 영화 〈조커〉를 보았을 때의 일이다. 영화가 끝나고 조커로 분한 호아킨 피닉스의 연기력을 상찬하는 내화는 지언스레 연기력이 좋은 남자 배우들에 대한 얘기로 이어졌다. 그런데 대화 도중에 문득 배우 한 명의 이름이 생각나지 않는 것이다. 그가 출연했던 영화나 그가 받았던 상, 그의 부인과 전부인까지도 다 생각나는데 유독 이름만큼은 오리무중에 빠진 것처럼 생각이 나지 않는 것이었다. 나뿐만 아니라 같이 얘기하던 친구도 그 배우의 이름을 얼른 떠올리지를 못했다. 둘 다 머릿속에서 찾지를 못하니 결국 인터넷 검색창에 도움을 구해야 했다. 검색해서 나온 그 배우의 이름은 (밝히자니 민망하지만) '숀 펜'이다. 영화 좀 봤다고 한다면 누구나 아는 배우의 이름을 두 사람의 머릿속에서는 찾지 못하고 인터넷의 도움을 빌려서야 겨우 찾아낸 것이다.

그날 숀 펜이라는 이름이 생각나지 않아서 친구와 내가 대신 떠올렸던 것들, 가령 〈아이 엠 샘〉이라든가 '아카데미 남우주연상'이라든가 '마돈나 전남편'과 같은 정보는 모두 인터넷 검색에서도 유용하게 쓰이는 것들이다. 종종 연관 검색어로 표시되는 이런 정보가 물론 그 사람의 모든 것을 말해주는 것은 아니다. 말 그대로 그 사람을 떠올릴 때 함께 연상되는 이미지에 더 가깝다. 그 이미지가 선입견에 따른 것이든 분명한 이력에서 나오는 것이든 상관없이, 누군가에 대해 더 자세히 알고자 할 때 중요한 단서가 되는 것도 사실이다. 그러니 망각의 늪에 빠져 있던 한 배우의 이름도 검색 한 번으로 금방 찾아낼 수 있었던 것이리라.

그런데 만약에 인터넷 검색도 할 수 없고 전화해서 어디 물어볼 수 있는 여건도 안 된다면, 도무지 생각나지 않는 누군가의 이름, 혹은 무언가의 이름을 찾기 위해서 우리가 할 수 있는 일은 뭐가 있을까? 사실상 한 가지밖에 없다. 찾고자 하는 이름이 생각날 때까지 주변에 있는 이미지들을 계속 더듬어보는 수밖에 없을 것이다. 이름이 생각나지 않으면 이름 대신 다른 것으로 대상을 생각할 수밖에 없다는 말도 될 것이다.

대상에 대해서 이처럼 이름을 지운 채로 접근하는 방식은, 한편으로 그 대상에 박혀 있는 우리의 선입견을 확인하는 일이기도 하지만, 또 한편으로 그것에 대해 우리가 미처 생각하지 못했던 것을 생각해보는 계기가 될 수도 있다. 실제로 그날 친구와 내가 끝내 숀 펜이라는 이름을 찾지 못했다면, 그 이름을 대신하여 한 배우에 대해서 더 많은 것을 떠올려야 했을 것이다. 그만큼 더 많은 생각을 숀 펜이라는 이름에 기대지 않고 해야 했을 것이다. 어떤 대상이든 이름을 알아야 말할 수 있는 것이 있는가 하면, 이름을 망각하고서야 비로소 말해지는 것도 있다. 내내 혀끝에서만 맴도는 이름이, 때로는 그 이름을 알 때보다 더 많은 말을 해주기도 한다. 연기 잘한다는 한 배우의 이름을 잊으면서 문득 떠오른 생각이 또 이런 글을 가능케 했듯이.

4

월

8

일

―

에
세
이

당신이 자기소개서를 쓰기 힘든 이유

이십 년 넘게 문학에 종사해온 업보로 한 번씩 이런 질문을 받는다. 어떻게 하면 자기소개서를 잘 쓸 수 있느냐고. 자기소개서 잘 쓰는 비법이 있으면 가르쳐달라는 말인데, 한술 더 떠서 이런 부탁이 들어오기도 한다. 자기네 딸이, 혹은 아들이 이번에 어디어디에 지원하는데 자기소개서 때문에 애먹고 있다며 한번 보아달라는 부탁. 거의 초고 상태인 원고를 그럴듯하게 다듬어달라는 부탁을, 바쁘다는 핑계로 물릴 때도 있고 마지못해 받을 때도 있다. 어느 쪽이 되든 그때마다 내가 덧붙이는 군말이 있다. 자기소개서는 원래부터 쓰기 힘든 거라고. 누구나 힘들어하는 글쓰기가 자기소개서라고. 반평생 시도 쓰고 산문도 써온 내가 가장 힘들어하는 글도 자기소개서라며 살짝 너스레를 떤다. 너스레라지만 틀린 말도 아니다. 자기소개서는 정말, 쓰기 힘들다.

왜 힘든 것일까? 말 그대로 자기를 소개만 하면 되는 글인데, 나부터 시작해서 왜 다들 어렵다고만 생각하는 것일까? 멀리 가서 답을 구할 필요는 없을 것 같다. 자기소개서라는 말 속에 이미 답이 들어 있기 때문이다. 자기를 소개한다는 것은 타인에게 소개한다는 걸 전제로 한다. 그러니까 타인이 읽고서 나를 판단하는 근거로 삼는 것이 자기소개서라는 말이다. 내가 어떻게 살아왔고, 무엇을 잘하는 편이며, 어떤 성격의 소유자인지에 대한 정보를 자기소개서라는 서류 하나에 기대어 판단할 수밖에 없는 타인은, 당연히 내가 모르는 사람이다. 물론 그도 나를 모르는 사람이다.

나를 전혀 모르는 사람이 자기소개서 몇 장에 기대어 나의 경력과 실력과 인성까지 판단해야 하니, 바지런히 움직여야 하는 쪽은 늘 이쪽이다. 저쪽이 아니라 이쪽에서, 알아서 준비하고, 알아서 채워넣고, 알아서 뺄 것은 빼면서 써야 하는 글. 그것이 자기소개서라면 거기서의 무게중심은 더이상 내가 아니라 타인에게 놓인다. 타인이 갑인 것이다. 타인이 갑이므로 타인의 눈에 들기 위해 써나가는 글에서 눈치와 포장은 기본으로 장착해야 한다. 똑같은 이력일지라도 읽는 사람의 기준점에 맞춰서 취사선택하고 보정하는 작업이 필수적이라는 말이다.

그러나 어떤 타인이 나의 소개를 읽을지는 알 수가 없다. 알 수 없는 그 누군가의 눈에 들기 위하여 오늘은 이렇게 눈치를 살피고 내일은 저렇게 포장을 하면서 쌓여가는 글쓰기. 그것이 그동안 숱하게 작성해온 나의 자기소개서였을 것이다. 때로는 절박하게, 때로는 습관적으로, 때로는 '아니면 말고'라는 심정으로, 숱하게 매달려온 자기소개서에서 내가 가장 많이 놓친 것이 무엇일까? 문득 이걸 생각해본다. 가장 많이 말했으면서 가장 많이 빠뜨려온 그것은 어쩌면 '나'였을 것이다. '나'라는 한 인간이 가장 많이 거론되면서 가장 많이 누락되고 있는 이상한 글쓰기. 나에 대해서 이상하게 많이 말했는데 이상하게 개운치 않은 글쓰기. 말할수록 나를 직면하는 것이 아니라 더 외면하는 듯한 이 이상

한 글쓰기를 앞으로 몇 번이나 더 해야 할까? 알 수 없으나, 할 때마다 찜찜함을 남길 거라는 짐작은 충분히 할 수 있다.

나는 나의 고향과 가족과 학력과 온갖 경력으로 설명될 수 있는 사람이면서 또 그것만으로 설명이 다 안 되는 누군가이다. 나는 나의 지인과 소속 단체와 정치적인 성향과 문화적인 취향 같은 것으로 판단이 가능한 사람이면서 또 그것만으로 판단이 불가능한 누군가이기도 하다. 누가 나를 판단하기 이전에 내가 나라는 사람을 설명하기 위해서도 글쓰기는 필요하다. 내가 나를 알고 싶고 말하고 싶어 찾아가는 글쓰기에서도 그러나 매번 절감하는 것이 있다.

나한테 달라붙어 있는 온갖 사회적인 직함과 호칭과 이력을 다 떼어버리고서도 남는 것이 있다면 그게 무얼까? 혹은 누구라고 부를 수 있을까? 마치 배역을 다 잃어버린 사람처럼 남아 있는 그 누군가를 설명할 길이 없음을 매번 절감하는 것이다. 어쩌면 설명할 길이 없어서 더 파고드는 것이 '나'이면서 또 글인지도 모르겠다. 자기소개서 같은 글에는 도저히 담길 수 없는 나. 그런 나를 인정하면서 한 사람의 문학이 시작하는지도 모르겠다.

의 문학이 시작하는지도 모르겠다.

4월 9일 ― 시와 남은 말들

고향

진주에서 온 시인은 진주에서 늙어갈 터이네.
갯벌에서 온 시인은 갯벌에서 죽어가듯이
서울에서 온 시인은 서울에로 돌아가려고 채비를
서두르네.

선생님 고향은 어디세요?
없어요. 사라져버렸어요. 갯벌에서 거품이 꺼지듯이
간간이 올라오는 어린 게의 눈만 보인답니다.

남은 말들

시 「고향」은 동명의 제목으로 발표한 여러 시편 중 하나다. 아마도 맨 처음 발표한 작품일 것이다. 미발표작까지 고려하면 '고향'을 제목으로 삼은 시편들이 족히 열 편은 될 것 같다. 왜 이렇게 많은 고향 시를 쓴 것일까?

딱히 고향이 그리워서는 아닐 것이다. 고향은 그립기만 한 곳이 아니다. 그립다는 말로는 다할 수 없는 무언가가 고향에는 있다. 고향에 대한 생각이나 감정도 그래서 단순할 수가 없다. 하나의 생각이나 감정으로 가득찰 수가 없는 곳이 내게는 고향이다. 고향은 하나이겠으나 고향에 대한 생각은 하나가 될 수 없는 곳에서 다시 고향을 생각하다보면 또 이상하게 한 가지 생각에 붙들린다. 고향은 돌아갈 수 없는 곳이라는 생각. 지금도 멀쩡하게 남아 있고 멀쩡하게 사람들이 오가고 있고 심지어 예전의 모습도 적잖게 남은 곳이 나의 고향인데, 고향은 돌아갈 수 없는 곳이다. 고향은 돌이킬 수도 없는 곳이다. 그때의 그 장소가 그대로 남아 있어도 시간까지 되돌려서 갈 수 없는 곳이 고향이기 때문이다.

고향은 한 시절을 지나는 순간부터 돌이킬 수 없는 곳이 되고 만다. 추억의 장소가 되는 순간부터 추억으로만 소환되는 곳이 고향이라는 말도 되겠다. 다시 돌아가더라도 추억만 남은 장소가 고향이라는 걸 인식하면서부터 나는 너는 우리는 모두 실향민이 되고 만다. 멀쩡하게 고향이 살아 있어도, 돌아가고 싶을 때 돌아갈 수 있는 환경에 놓여 있어도, 돌이킬 수 없는 시간을 껴안는 순간부터 실향민의 고향이 되고 만다. 누구에게나 있는 것이 고향이지만, 누구에게도 허락되지 않는 그때 그 시절의 고향은 그래서 멀다. 대책 없이 멀고 멀어질수록 희미해지는 곳에서 손짓하는 모습만 보이는 사람. 그 사람이 고향이다. 그 고향이 알 수 없는 사람처럼 내게 다가오는 것 같다가 또 멀어진다. 내가 거기서 한 시절을 보냈다는 사실조차 어색하게 만드는 곳. 그곳이 고향이다.

각자의 고향이 있어 각자의 고향으로 돌아가는 사람도 그래서 언제나 먼길을 가는 사람처럼 보인다. 도무지 끝을 모르겠는 여정을 떠나는 사람처럼도 보인다. 각자의 고향으로 영원히 돌아가는 중에 끝날지도 모르는 여정이 내 앞에도 있고 당신 앞에도 있을 것이다. 행여나 뒤로 돌아서 간다 한들 그 여정에 끝이 없을까? 가물가물하다못해 사라진 것과 진배없는 고향이, 시간을 거스르듯이 온 길을 되밟아 간다 한들 종착지로서 남아 있을 수 있을까? 고향은 어디로 발길을 옮기더라도 먼 곳에 있다. 결코 도착할 수 없는 곳에 있다.

그래서 더 고향을 말하는지도 모르겠다. 그래서 더 그리운 곳인 양 떠오르는지도 모르겠다. 고향은 막다른 골목이다. 어떻게 가더라도 가로막힌 골목처럼 되돌아나오게 하는 곳의 너머에 고향이 있는지도 모르겠다. 너머는 볼 수 없다. 갈 수도 없다. 불러낼 수도 없다. 다만 근처를 맴도는 발걸음만이 돌아서서 다른 골목을 헤매는지도 모르겠다. 지금도 족히 다섯 시간은 걸리는 고향 가는 버스에 올라서도 고향에 가까워진다는 생각 없이 실려가다가 시간이 다 되어서 내리는 곳에 나의 고향이었던 곳이 있다. 지금도 나의 고향이랄 수 있는 곳이 있다. 앞으로도 나의 고향이 분명할 터인데, 어찌해도 붙잡을 수 없는 곳에 나의 고향이 눈앞에 있고 눈 뒤에도 있고 모든 곳에 있는 것처럼 환영을 불러일으킨다. 저기가 나의 고향인가? 아니면 여기가 나의 고향인가? 그도 아니면 도대체 어디가 고향이라는 건지, 고향을 말할수록 고향은 멀어진다. 손에 잡히지 않는다. 다만 말해지고 있을 뿐이다.

4
월
10
일
─
시

나는 낯설 것이다

나는 낯설 것이다.

너도 낯설기 때문에 낯설 것이다.

우리는 꽤 친숙한데 그래서 낯설 것이다.

친숙하니까 친숙함이 지나쳐 한 번은 낯설 것이다.

두 번도 세 번도 낯설다보면 그게 낯선 것일까?

낯설 것이다. 너무 익숙해서 낯설 것이다.

이게 내가 아는 사람이 맞나 싶어서

다시 보고 다시 봐도 낯설 것이다.

내가 아는 사람이다. 심지어 익숙한 사람이다.

익숙함이 지나쳐 이제 누구를 봐도 감흥이 없는데

감흥 없이 오는 너를 감흥 없이 대하는 내가

뼈저리게 낯설 것이다.

네가 왜 이렇게 되었을까?

너는 왜 이렇게 되어버렸니?

서로 묻지도 않는 너와 내가 한꺼번에

낯설 것이고 두 번 다시 낯설 것이고

이후로는 안 본다. 못 본다.

아무리 봐도 같은 사람인데

많이 변했다. 너도 변하고 나도 변했으니

낯설 것이다. 익숙하게 잊고 지내는 사람이

너도 언젠가는 낯설 것이다.

남는 사람이 없어서 나도 낯설 것이다.

나를 언제 생각이나 했는지

생각하지 않는 너를 돌이켜보지 않아도

낯설 것이다. 나는 무척 낯설다.

오늘 아침 거울에서 그걸 보았다.

너를 생각하지도 않았는데.

4월 11일 ― 시

퇴근하는 사람

오후 6시 30분경.

저녁 강의하러 조금 일찍 집을 나서다가 보았다.

일을 마치고 오는 사람이 보였다.

아는 사람은 아니다.

무어라고 딱히 티를 내지 않았는데도

그는 퇴근하는 사람이었다.

낮 동안의 일을 마치고

터덜터덜 걸어서 어디론가 가는 사람이었다.

무슨 일을 하는 사람인지

어느 직장을 다니는 사람인지

직급이 무엇이고 오늘은 무슨 일을 했는지

아무것도 쓰여 있지 않지만

표정만큼은 퇴근하는 사람이다.

얼굴만큼은 어딘가 한세상을 겪고 나온 사람이다.

도중에 버스를 타든 지하철을 타든

일단은 걸어서 어디론가 가고 있다.

일단은 걸어서 어딘가를 나온 사람이다.

나는 그의 삶을 모른다.

지금의 행색과 표정과 걸음걸이만을 볼 뿐이다.

그가 누구든 그에게도 집이 있을 것이고

가족이 있을 것이고 가족이 아니면

또 무엇이 있어서 돌아갈 곳이 있는 사람.

그를 보았다. 마치 아는 사람인 것처럼

보았다. 멀리서 일을 마치고 나오는 사람을.

멀리서 일을 마치고 걸어오는 사람을.

가까이 가까이 서로 교차하는 순간에도

눈인사는 없었다. 모르는 사람이니까

모르는 사람답게 안 보는 척

그를 보았다. 넋이 빠진 것처럼

터덜터덜 걸어가는 그를

붙잡고 물어보고 싶은 것은 없다.

다만 지금 여기까지 걸어와서

앞으로 걸어갈 곳에 놓인

지금 이 순간의 당신은

누구냐고 묻고 싶어진다.

당신은 지금 직장인이 아니다.

당신은 지금 어느 누구의 가족도 아니다.

친구도 아니다.

당신은 지금 이 길을 터덜터덜 걷고 있는 사람이다.

달리 무어라고 지칭할 길 없는 당신을

당신에게 당신이 무어라고 부르든

지금 이 순간은 지나간다.

길어야 몇 초.

당신이 누구인지 몰라서

혼자 생각했던 그 몇 초간

나는 저녁 강의하러 가는 일도 잊고

저녁 강의하고 돌아와서 챙겨야 할 일도 잊고

사람도 잊고 잠시 서 있었던 것 같다.

걸어가면서 잠시 멈추었던 것 같다.

지금 이 순간 아무도 아닌 당신을 보면서
잠깐 그 생각을 했던 것 같다.
아무도 아닌 자가 당신을 보고 있다.
혼자 걸어가는 당신을 보고 있다.
방금 전에 누가 지나갔는지
당신은 아는가? 나는 모른다.

4월 12일 — 시와 남은 말들

오후 8시경에 비

휴대폰을 보니 '오후 8시경에 비 예상됨'이라는 안
내가 뜬다.

구글에서 보내온 날씨 예보다.

정말 8시에 비가 올까?

지금은 7시 31분. 조금 전에 해가 완전히 졌다.

창밖은 캄캄하고 멀지 않은 농구장에서 누군가 혼
자서

농구공을 튕기는 소리가 들린다.

두 시간 전에는 '오후 6시경에 비 예상됨'이라고 떴다.

6시에는 비가 오지 않았다.

7시에도 비가 오지 않았다.

8시에는 정말로 올까? 기다리는 것도 기다리지 않는 것도 아닌 비.

비가 오면 얼마큼 오느냐에 따라 달라지겠지만

빗속을 통과하는 운전, 우중 운전을 해야 한다.

퇴근해서 집까지 가는 데 걸리는 시간. 길어야 30분.

30분 동안 비를 맞으며 나의 차는 갈 것이다. 정말로 비가 온다면,

비가 오는 시간에 맞춰 드라이브하는 기분으로

집까지 운전해서 가는 기분이 썩 나쁘지 않았으면 하는 마음.

딱 그 정도만 생각하면서 창밖을 본다. 어두워서 잘 보이지 않는다.

농구공 팅기는 소리만 들린다. 비가 오면 저 누군가도 어딘가로 가겠지. 집이 아니면 어딜까?

집이 아니면 내가 어디로 가야 할까?

갈 곳이 없다. 어디로든 가야 하는데,

휴대폰의 시계는 이제 막 7시 47분을 찍고

8시를 향해 간다. 비가 온다면 좋겠다. 적당히 와도 좋고

폭우가 쏟아져도 좋겠다. 어찌해도 피할 수 없는 죽
음이 있듯이

때가 되면 오는 비. 그 비를 예상하려고 갖은 노력
을 다하는 와중에도

비는 온다. 때가 되면 온다. 영영 아니 올 듯이 시간
이 간다.

남은 말들

아마 4월이나 5월 어느 날이었을 게다. 아현동에 있는 대학에 부임하고 한 계절이 채 지나지 않은 어느 날이었을 게다. 새로운 환경에 아직도 적응이라는 걸 한창 하고 있을 그 무렵, 일과가 끝난 후에도 집에 가지 않고서 나는 뭘 하고 있었을까? 연구라는 걸 하고 있었을까? 아니면 멍하니 창밖을 보고 있었을까? 아니면 서류 정리나 하면서 시간을 보내고 있었을까? 아마도 이것저것 되는 대로 무언가를 하고 있었을 것이다. 그러다가 휴대폰에 자동으로 뜨는 날씨 예보 같은 것도 한 번씩 보고 있었을 것이다.

'저녁 8시경에 비 예상됨.' 두 시간 전에는 '저녁 6시경에 비 예상됨.' 그러나 6시에는 비가 오지 않았고, 7시에도 비가 오지 않았다. 그럼 8시에는 올까? 8시가 되기 전까지는 모를 일이다. 8시가 되어봐야 아는 일이다. 이번에는 예보대로 비가 올까? 비가 온다고 큰일이 나는 것은 아니다. 홍수가 날 정도의 폭우가 아니라면 비는 그저 비이고, 그래서 나가서 걷는다면 우산이나 우비를 준비하면 되는 일이고,

자동차로 이동한다면 딱히 더 준비할 것도 없을 것이다. 비는 차가 대신 맞아줄 테니까. 많이 오든 적게 오든 대신 맞아주는 차가 있으니, 그 안에 들어서 조심조심 빗길 운전만 신경쓰면 되는 일. 큰비가 아닌 이상, 때가 되면 일어나서 때가 되면 차를 몰고 때가 되면 집으로 가면 되는 일인데, 뭐가 문제가 되겠는가? 사실상 없다.

딱히 문제가 될 게 없으니 화자의 마음도 일견 평온해 보인다. 적어도 덤덤해 보인다. 그런데 왜 자꾸 불안한 구석이 비치는 걸까? 뭔가 편치 않아 보이는 구석이 왜 자꾸 보이는 걸까? 한마디로 딱 집어서 얘기하기가 곤란한 그 마음 때문에 어쩌면 저 시가, 저와 같은 시가 계속 나오는지도 모르겠다. 시의 화자는 우선 어디로 가야 할지를 잘 모르는 것 같다. 일과가 끝나면 당연한 듯이 향하는 곳이 집이어야 하는데, 그 집이 당연히 향하는 곳으로 여겨지지 않을 때, 화자가 가야 할 곳은 그럼 어디일까? 늘상 드나드는 집 말고는 딱히 떠오를 곳도 없고 그래서 다른 곳을 떠올리고 싶어도 떠올릴 곳이 없다. 그럼 어디로 가야 하는가? 어디로든 가야겠지만, 가봤자 집 말고는 다른 곳이 없는 상태. 다람쥐

쳇바퀴 돌듯이 결국엔 집으로 향할 수밖에 없는 그 길이 왜 이렇게 답답해 보이는가? 왜 이렇게 막막해 보이는가? 다 아는 길이고 너무도 익숙한 그 길이 미칠 정도로 답답하고 막막해 보일 때, 화자가 고즈넉이 저녁을 맞고 있는 저 공간도 답답하고 막막한 공간으로 다시 보인다.

시간이라고 별수가 있겠는가. 답답하고 막막하기는 공간이나 시간이나 마찬가지다. 그러니 하릴없이 휴대폰의 시계나 자꾸 들여다보는 것이겠지. 그러다가 원치 않게 날씨 예보를 보고, 원치 않게 올지 안 올지도 모르는 비를, 기다리는 것도 기다리지 않는 것도 아닌 채로 계속 생각하는 것이겠지. 예보상 비가 온다고 했으니 비가 왔으면 좋겠다는 생각. 비가 오면 비가 오는 대로 드라이브하듯이 우중 운전을 하는 것도 나쁘지 않겠다는 생각. 겨우 그런 생각이나 하면서 저녁 8시를 향해가는 풍경. 저녁 8시를 넘어가면 또 9시를 향해가는 풍경일 테지. 10시, 11시를 향해 가는 풍경이 계속해서 등장할 테지. 비가 오든 오지 않든 시간만 계속 가고 있는 풍경. 시간만 보내고 있는 그 풍경이 누군가의 일상을 이룰 때, 또 누군가는 그것을 못 견디게 답답한 마음으로 본다. 못 견디게 막막한 심정으로 얘기한다. 이게 과연 내가 원하는 삶이었을까? 이게 과연 나다운 삶이라고 할 수 있을까? 무엇보다 이런 시간을 보내고 있는 내가 과연 나일까?

생각할수록 이게 뭐하는 삶인지 잘 모르겠을 때, 끝도 없이 이어지는 질문을 그치고 다시 본다. 내가 있는 곳을. 내가 영위하고 있는 현재의 삶을. 그런 것을 똑바로 본 적이 언제였는지, 있기는 했는지 다시 모르겠는 채로 지금의 나를 다시 본다. 오로지 생활비를 맞추기 위해 이것저것 가리지 않고 일하는 몸으로 변해버린 나를. 이것저것 가리지 않고 돈 버는 일에 시간을 다 갖다 바치고 있는 나를. 그러면서 자연스레 빠지는 시간들, 빼먹고 지나가는 시간들을 본다.

우선은 맛있게 책 읽는 시간이 빠진다. 다음으로 산책하면서 이런저런 생각을 숙성시키는 시간이 빠진다. 시의 전조 증상이자 예비 단계에 속하는 시작노트나 사유노트 같은 것을 쓰는 시간이 또 빠진다. 당연히 시 쓰는 시간도 턱

없이 모자라게 빠진다. 시에 대해서 멀리 내다보는 시간이야 말할 것도 없이 빠진다. 어디 시뿐일까. 삶에 대해서도 멀리 조망하는 시간이 빠진다. 가까이 들여다보고 성찰하는 시간도 당연한 듯이 빠진다. 그저 굴러가는 대로 굴러가고 살아지는 대로 살아지는 삶. 어떤 지향점도 없이 눈앞의 삶만 좇아서 가는 사람. 삶의 지향점도 문학의 지향점도 가시거리 밖의 일처럼 막막해 보이니 남는 것은 관성이고 관성대로 움직이는 일과이다. 관성대로 하루를 마감하고 집으로 향하는 길이니 저다지도 캄캄한지 모르겠다.

비가 오든 말든 상관없이 집으로 향하는 길은 어둡다. 늘 가는 길이라서 눈감고도 갈 만큼 익숙한데, 어둡다. 다른 길은 보이지도 않을 만큼 어둡다. 그저 시간이 가고 있을 뿐이다. 영영 오지 않을 시간이 가고 있을 뿐이다. 끝에는 뭐가 기다리고 있을까? 고민할 것도 없이 인간이면 누구나 봉착해야 할 시간이 기다리고 있다. 죽음의 시간. 아무것도 없는 시간. 아무것도 소용이 없도록 무화시키는 시간. 언제 올지 모르겠으나, 이미 오고 있고, 언젠가는 도착하고야 마는 그 시간이 두려워서 나는 자꾸 시계를 본다. 아직은 얼마간의 시간이 남았다. 비가 오기로 한 시간도 아직은 몇 분이라도 남았다. 몇 분 뒤에 정말이지 비가 올 수도 있고 눈이 올 수도 있고 아무것도 오지 않을 수도 있지만, 비는 언젠가 온다. 반드시 온다. 눈이 오듯이 비가 오고, 비가 오듯이 또 무언가의 죽음이 온다. 나는 그것을 보려고 자꾸 시계를 본다. 아니다. 계속 외면하려고 시계를 보는지도 모르겠다. 지금은 8시. 비가 오는지 창밖을 본다.

4

월

13

일

—

단

상

증발

아침마다 새소리가 들리는 창밖에 하늘이 떠 있다. 창문을 조금 더 연다. 내게는 창문을 열 수 있는 자유가 있다. 창문을 닫을 수 있는 자유도 있다. 자유가 없는 사람에겐 창문도 없을 터이니 조금 더 열자. 닫고 싶을 때 닫을 수 있는 마음으로 열자. 하늘이 조금 더 들어온다. 날아가는 새 한 마리도 잠깐 더 들어온다. 더 들어오면 더 들어오는 대로 창밖이 있고 하늘이 있고 저 멀리 옥상의 피뢰침까지 다 들어오는데 피뢰침 너머 야산의 끄트머리 나무까지 다 들어오는데 조금 더 들어오면 창밖이 달라질까? 하늘도 달라지고 구름도 달라지고 새도 달라지는 것일까? 조금 전보다 조금 더 작은 새가 하늘을 긋고 날아갔다. 창밖을 긋고 또 한 마리 날아갔다. 아주 작은 새다. 점처럼 보이는 새다. 한 마리 두 마리 점으로 헤아리는 새들이 조금 더 들어왔다가 조금 더 사라지는 동안 조금 더 큰 새가 조금 더 큰 점으로 하늘을 긋는 동안 창밖은 아침이다. 하늘도 아침이고 옥상도 아침이고 옥상의 피뢰침도 피뢰침 너머 야산의 꼭대기도 모두 아침인데 증발하고 싶은 마음. 하루아침에 증발해버리고 싶은 사람의 마음도 아침이다. 내게는 증발할 수 있는 자유가 있다. 없다면 더 없는 사람이 되어 증발하고 싶은 마음. 마음은 자유다. 내 뜻대로 되지 않는다. 창문을 조금 더 열다가 두었다.

4
월
14
일
—
단
상

배경음악

완벽히 사라질 수 없으므로, 완벽히 사라지는 건 아직은 두렵기도 해서, 선택한 것이 배경음악이었다. 배경음악을 들으면서 배경음악처럼 살고 싶다는 생각. 한 번씩 했다. 몇 번씩 했다. 어떨 때는 간절하기도 했는데, 배경음악이 간절해서야 되겠는가. 없는 듯이 했다. 생각난 듯이 생각했다. 문득 생각이 나서 생각난 사람처럼 떠오르는 음악. 그런 음악이 되고 싶다고 한 번씩도 하고 몇 번씩도 하고 그러다가 잊기도 하면서 지냈다. 잊어도 상관없는 것처럼 지내기도 했는데, 한 번씩 생각이 난다. 몇 번씩 간절해지기도 한다. 간절해서는 안 되는데, 간절해지는 음악. 배경음악. 백색음악이라고 불러도 좋다. 없는 듯이 있는 음악이면, 아니 있는 듯이 없는 음악이면, 뭐든 좋아라 하면서 들었다. 없는 음악을 들었다. 없는 소리를 듣듯이 들었다. 있으니까 들었겠지. 없으면 못 듣는다. 듣고 싶어도 못 듣는다. 듣기 싫어도 들어야 하는 잔소리의 반대편. 공격적이고 무례한 말들의 반대편. 기를 쓰고서라도 자기 존재감을 드러내야 하는 소리들, 소리들의 반대편. 그곳에 있는 음악이 배경음악일까 그곳에도 없는 음악이 배경음악일까. 배경은 특정 구석에 한정되지 않는다. 특정 좌표를 지녀서도 안 될 것 같다. 배경은 배경이니까. 뒤에서 넓게 퍼지듯이 펼쳐지는 음악. 그것이 배경음악이라면, 사실상 모든 곳에 있다고 해도 이상하지 않은데, 있는 줄을 모르겠다. 있는데 있지 않은 것 같은 음악. 있는 줄도 모르게 있는 음악. 흐르는 음악. 흘러서 어딘지도 모르게 가버리는 음악. 가서는 고이는 줄도 모르게 고여 있는 음악. 아니지, 고이지도 말고 쌓이지도 말고 흩어지기만을 바라는 음악. 바랄 것도 없이 흩어지는 음악. 사라지는 음악. 사라지는 줄도 모르게 사라지면서 사라진 다는 존재감조차 지우는 음악. 없는 음악. 없어지는 음악. 없어야 있는 줄 아는 음악. 그런 음악이 되고 싶어서 배경음 악을 틀었다. 배경음악이 나온다. 음악이 나오고 배경이 나온다. 나와서 나오는 줄 알았다.

온다. 나와서 나오는 줄 알았다.

4월 15일 ― 시

울음

책상 앞에 앉은 사람은 책상 앞에 앉아서 운다.

골목으로 사라진 사람은 골목 뒤에 숨어서 운다.

대로변에 나와 있는 사람은 대로변인지도 모르고
운다.

다 울고 나면 울지 않는 사람만 남는다.

여기가 어디라는 것도 그때서야 분명히 안다.

달라진 것은 없다. 책상 앞에 앉은 사람은

책상 앞에서 골목으로 사라진 사람은

골목 뒤에서 대로변에 나온 사람은

대로변에 서서 그 자리에 있다.

잠깐 잠이 든 것처럼 멍하니 있다.
달라진 것은 없다.

지나가는 사람이 서 있다가 지나갔다.
그를 두고 갔다.

4월 16일 ― 시배달

가정*

최지은

우리는 말이 없다 낳은 사람은 그럴 수 있지
낳은 사람을 낳은 사람도
그럴 수 있지 우리는 동생을 나눠 가진 사이니까
그럴 수 있지

저녁상 앞에서 생각한다

죽은 이를 나누어 가진 사람들이 모두 모이면 한 사

람이 완성된다

싹이 오른 감자였다

죽일 수도 살릴 수도 없는 푸른 감자

엄마는 그것으로 된장을 끓이고

우리는 빗소리를 씹으며 감자를 삼키고

이 비는 계절을 쉽게 끝내려 한다

커튼처럼 출렁이는 바닥

주인을 모르는

손톱을 주웠다

나는 몰래 그것을 서랍 안에 넣는다

서랍장 뒤로 넘어가버린 것들을 생각하면서

서랍을 열면 사진 속의 동생이 웃고 있다

손을 들어 이마를 가리고 있다

환한 햇살이 완성되고 있었다

우리는 각자의 방으로 흩어진다

우리가 눈 감으면

우리를 보러 오는 한 사람이 있었다

우리는 거기 있었다

* 최지은, 『봄밤이 끝나가요, 때마침 시는 너무 짧고요』, 창비, 2021.

시를 배달하며

저녁상 앞에서 생각합니다. 혼자가 아니라면 몇이 더 있을 수 있습니다. 둘이든 셋이든 넷이든 저녁상 앞에 모여 식사하는 사람들. 흔히들 가족이라고 부르는 이들이 있습니다. 그리고 가족 중에는 누가 되든 먼저 떠난 사람도 있을 겁니다. 천수를 다 누리고 가는 가족이 있는가 하면, 어린 나이에 속절없이 떠나간 가족도 있을 겁니다. 그래서 "싹이 오른 감자처럼" "죽일 수도 살릴 수도 없는" 멍에만 남기고 간 가족도 있을 겁니다.

그렇게 가족에서 이탈한 사람이지만, 그렇게 또 영원히 가족으로 머무르는 사람. 그를 가족으로 기억하는 사람들이 있는 한 그는 여전히 그들의 가족입니다. 그를 기억하는 사람이 모두 죽고서야 그는 더이상 가족도 아니고 사람도 아닐 것입니다. 진정한 망자亡者가 되는 거겠지요. 그전까지는 "죽은 이를 나누어 가진 사람들이 모두 모이면 한 사람이 완성"되는 시간이 계속될 겁니다. 완성은 물론 불완전한 완성입니다. 저마다 망자에 대한 기억이 불충분하듯이(알

게 모르게 "서랍장 뒤로 넘어가버린" 기억이 얼마나 많을까요), 그 기억이 모여서 완성되는 망자도 불충분하기는 마찬가지일 겁니다. 다만 모자란 기억일지라도 망자를 가장 오래 기억하는 이들로 가족을 빼놓을 수 없습니다. 어쩌면 잊히지 않는 망자가 되기 위해 우리는 가족이라는 공동체를 택하는지도 모르겠습니다. 싫다고 하면서도 가정이라는 생활공동체를 끝내 버리지 못하는지도 모르겠습니다.

나를 가장 오래 기억해줄 사람, 가족은 죽어서도 나를 기억해줄 것만 같습니다. 그러니 죽어서도 나를 찾아오고 우리를 찾아오는 것이겠지요. 가족으로 찾아온 그가 있어 우리는 여태 가족으로 있는지도 모릅니다. 가족이 아니면 또 누가 찾아와서, 각자의 방으로 흩어진 우리를 물끄러미 들여다볼까요?

4월 17일 一시

슬픔을 대신하는 말

슬픔을 대신하는 말을 찾아야 한다.

슬픔을 대신하는 말은 하나가 아니다.

아마도 무한정 들어갈 수 있는 공간에

슬픔을 대신하는 말이 들어갈 수 있다.

슬픔 대신 들어갈 수 있다는 말인데,

슬픔은 무엇을 대신해서 이미 들어갔을까?

어떤 상태를 대신해서 슬픔이라는 말이

슬프다는 표현이 슬퍼서 죽겠다는 과장까지

때로 동반하면서 들어간 것일까?

슬픔은 정확한 말이 아니다.

근사한 말도 아니다.

슬픔은 슬픔이라는 말이다.

그럼에도 어떤 마음을 대신해서

슬픔이 있다. 슬프다는 말이 있고

슬프다는 말에 얹어서 다른 말이 나온다.

나는 슬프다. 어찌어찌 다른 말을 찾아내어도

나는 슬프다. 미국인을 만났다면

아임 쌔드라고 했을 것이다,

일본인을 만났다면 와따시와 카나시이데스라고 했

을까?

나는 일본어를 잘 모른다.

나는 영어도 잘하지 못한다.

다만 슬프다. 나는 슬프고 슬픈 감정을 섞어서

무슨 말이라도 할 수 있는 사람인데,

그전에 먼저 슬프다. 아주 슬프고

아주 괴롭고 아주 고통스럽고 아주 미어지는 것 같다.

이 정도면 슬픔을 넘어서는 슬픔이겠지만

그럼에도 슬프다. 슬프다는 이상으로 슬프다.

더이상 슬픈 것이 없을 정도로 슬픔을 맛본 자가

여기 있다고 해도 하등 양심의 가책을 느끼지 못할

자가

다시 여기 있다. 그는 그만큼 슬프다.

그는 그만큼 슬픈 마음을 말하고 있는데,

그것이 슬픔인가? 슬픔이라고만 할 수 있는가?

슬픔 말고도 더 많은 감정이 그를 지배하는데도

그는 슬프다. 그는 슬프다는 말만 반복한다.

아주 슬프고 몹시 슬프고 더없이 슬프고

한정 없이 슬퍼서 한정 없이 찾아가는 곳에도

슬픔은 마르지 않고 찾아드는데

그는 슬픔과 함께 슬픔과 동행하면서 슬픔과

슬픔을 나누는 사이가 되어서도

혼자 슬픈 것처럼 슬프다.

누구나 슬픈 것처럼 슬프다.

그래서 말한다. 슬픔을 대신하는 말을 말한다.

슬픔이 대신해주지 못한 말을 말한다.

말하려고 애를 쓴다. 슬픔으로 다 껴안을 수 없는

슬픔을 간직한 채 그는 본다.

슬프게도 본다. 슬프게도 눈앞에 있다.

그것을 본다.

4

월

18

일

—

한

줄

어떤 슬픔이 너를 살게 해줬을까?

4월 19일 — 단상

가장 자유로운 방식의 울음

우는 사람은 가장 자유롭다. 아무 생각 없이 웃는 것만큼이나 자유로워야 한다. 눈치 보는 울음은 울음으로 쳐주기 힘들다. 울음의 축에서 빼야 한다. 울음의 축에도 못 끼는 울음은 아니 우니만 못하므로 뚝 그쳐라. 울음은 자유로워야 한다. 어찌해야 한다는 말조차 필요 없을 정도로 자유로운 상태에서 울음이 나온다. 울음다운 울음. 누군가 울음을 연기한다면 그 연기조차 울음다우려면 연기한다는 생각조차 말끔히 비워버린 상태에서 울어야 한다.

울음은 극도로 몰입하는 상태다. 몰입하고 있다는 생각조차 비워버린 울음이 몰입하는 울음은 시간을 잊는다. 언제 울음이 시작되어야 하며, 언제 울음이 그치어야 하는지, 이 울음이 언제까지 지속되고 언제부터 새로운 울음을 기다려야 하는지 이런 생각 따위 모조리 건너뛰면서 우는 울음. 모조리 망각하면서 우는 울음. 그런 울음을 기다리는 사람은 예민하다. 그런 울음을 기대하는 사람도 대체로 예민한데, 그 예민함이 지나쳐 울음을 망쳐서는 안 된다는 생각도 예민하게 장착하고 있어야 비로소 맛볼 수 있는 울음의 참맛. 울음의 깊은 맛이자 도저히 잊을 수 없는 맛이 도래할 때까지 무작정 기다려야 하는 사람은 예민하면서 동시에 지긋하다. 지긋하지 못하면 기다릴 수 없다. 울음의 도래란 먼 나라의 일처럼 멀어진다. 멀어지면서 잊어버리는 울음을 한 번도 듣지 못한 사람이 있다면 그 또한 불행의 한 모델로서 울음을 맛보는 날이 언젠가는 오리라는 희망을 품어도 좋다.

울지 않고 가는 사람은 없다. 울지 않고 가는 사람은 사람이 아니다. 울지 않고 가는 사람이 정말 있다면 차라리 그가 부럽다. 어떻게 울지 않고 갈 수 있을까. 둘러보면 울음이 천지인데, 누구나 울고 있고 누구나 울음을 달래고 있고 누구나 울음을 외면해도 좋을 만큼 지천에 널린 것이 울음인데, 울음 없이 갈 수 있다니. 대단한 능력자이면서 대단히 미친놈이 아니고서야 불가능한 울음을 너무 자주 겪다보면 울음도 울음 같지가 않고 웃음도 웃음 같지가 않다. 무슨 표정을 짓고 있어도 무표정과 다를 바 없는 웃음과 울음과 또 무슨 감정이 있었는지 짐작조차 할 수 없는 표정이 얼굴을 대신할 때, 그때쯤이 되어서야 울어도 울지 않는 사람이라고 할 수 있을까? 울지 않아도 우는 것과 다름없는 얼굴이라고 할 수 있을까?

울음은 자유롭지 못하다. 아무데서나 울음을 보여줄 수 없다. 아무데서나 흐르는 눈물은 아무데서도 환영받지 못한다. 울음은 장소를 필요로 한다. 울음이 터지기에 적당한 장소. 마치 폭탄을 터뜨리기에 적당한 장소를 찾듯이 울음은 울음에 적합한 장소를 찾아간다. 찾아가서 운다. 여기가 바로 그 장소라는 듯이 운다. 엉엉 울고 펑펑 울고 쏟아질 듯 울고 비워질 듯 울면서 생각하는 것. 고민하는 것. 눈치 보는 것. 그런 것도 없이 어떻게 울 수 있을까? 정말로 우는 자는 그런 것을 모른다. 정말로 울려고 하는 사람도 그런 것을 몰라야 한다. 안다면 못 운다. 안다면 울음을 그치고 화장부터 고칠 것이다. 말끔하게 고치고 분장실을 나오듯 화장실을 나올 것이다. 저 배우를 보라. 전문 배우도 아닌데 울음이 싹 가신 얼굴로 웃고 있다. 응대하고 있다. 금방이라도 울 것 같은 사람을. 참고 있는 사람을.

4
월
20
일
―
단
상

당신이 하지 못했던 말

나는 다시 떠올려보려 한다. 당신이 하지 않았던 말을. 하지 않아서 들을 수 없었던 말을. 듣지 못해서 다시 떠올릴 수도 없는 말을 다시 떠올려보려 한다. 가능한 일인가? 가능한 일이다. 불가능한 일인가? 불가능한 일이다. 가능하든 불가능하든 일은 일이다. 일이니까 한다. 일이니까 떠올리고 일이니까 다시 붙들려 앉아서 조서를 쓰듯이 쓴다. 세상에 나오지 않았던 말을. 당신이 들려주고 싶어했던 말을. 당신이 들려주고 싶어했는지조차 모르는 말을. 나도 모르는 말을. 당신도 모르고 너도 모르고 그도 모르고 또 누구도 모를 수 있는 그 말을. 떠올리려 한다. 떠올려보려고 한다. 말이 길어졌다. 이제부터는 일이다. 일하러 간다. 일하러 간다고 하고선 여기 와서 있다. 여기 와서 주변을 본다. 주변을 보면 온통 일이다. 사는 일과 죽는 일. 잠자는 일과 깨어나는 일. 쉬고자 하는 일과 쉴새없이 해야 하는 일. 하지 않는 일과 하지 못하는 일. 그치지 않는 일과 그칠 수 없는 일. 그쳐봤자 다시 시작하는 일. 시작해봤자 언제고 그쳐야 하는 일이 눈앞에 있다. 여기가 어디라고 했더라? 여기는 여기다. 일은 일이고 여기서 하는 일은 여기서 하는 일로 그쳐야 한다. 다른 곳에 가서는 다른 일이다. 다른 곳의 일은 다른 곳의 일로 미뤄두자. 맡겨둔다고 해야 별다를 것도 없는 일이 벌어지고 있다. 지금 여기서 당신을 기다리고 있다. 당신은 벌써 익명이다. 여러 사람이고 한 사람일 수도 있지만 익명이다. 그러므로 당신을 부르자. 마음껏 부르자. 당신이 누가 되든 누구가 되고 누구가 되지 않든 당신은 당신이다. 일은 일이고 여기는 여기라서 다시 부른다. 당신이 하지 않았던 말을 떠올리려 한다. 떠올려보고자 한다. 애를 쓰는 것은 아니다. 애를 쓰는 것은 당신으로 족하다. 당신이 당신이고자 애를 쓰는 모든 순간에도 당신은 당신이다. 그걸 부정하고 싶지 않아서 쓴다. 당신이라는 말을 함부로 쓴다. 조심스럽게도 써봤다. 아무렇게도 써봤다. 아무렇지

않게도 불러봤다. 그리운 이름을 전혀 그립지 않게 부르고

또 불러봤다. 당신은 당신이다.

4
월
21
일
—
노
트

단어가 말했다

무언가에 쫓기듯이 살고 있고 무언가에 쫓기듯이 쓰고 있다. 오로지 붙잡는 힘으로 쓰고 있다. 붙잡는 힘으로 쓸 수 있는 글은 많다. 주로 실용문들이다. 편지나 연설문 따위. 공식적인 인사말 따위. 따위라고 했지만 여기에도 많은 공력이 들어간다. 특히나 무언가를 집중하고 붙잡아내는 공력. 그러나 여기에는 문학적인 기운이 스며들 여유가 없다. 문학적인 글은, 특히나 시는 붙잡은 것을 다시 놓을 때 나온다. 붙잡는 힘이 아니라 붙잡은 것을 되놓는 힘으로 쓰는 글. 그것이 시여야 한다는 사실을 너무도 잘 아는데, 쫓기는 마음은 무엇이라도 붙잡기에 급급하다. 쫓기는 마음은 쫓는 마음과 다르지 않다. 쫓기는 마음이 쫓는 마음을 쫓아간다. 그러면서 붙잡는 글이 시를 망친다. 시를 망친다는 생각조차 놓아버려야 나오는 글. 그 글이 역설적으로 시를 향해간다. 내가 붙잡고 있고 붙잡으려 하고 있고 붙잡으려는 그것을 다시 놓으려는 생각조차 다시 놓는 글쓰기. 모든 힘이 다 빠져서야 나오는 글쓰기이자 힘. 그 힘으로는 삶을 영위할 수가 없다. 단지 시를 영위하기 위한 힘이다. 요컨대 삶은 붙잡는 힘이고 시는 되놓는 힘이다. 여기에서 또하나 역설이 발생한다. 되놓기 위해서라도 붙잡아야 하는 힘. 되놓는 힘을 위해서도 붙잡는 힘은 강력해야 한다. 최소한 허술하지 않아야 한다. 되놓는 힘은 붙잡는 힘에 비례해서 나온다. 정확히 반작용으로 튀어오른다. 시가 도약하는 지점도 이와 무관하지 않은 곳에서 발생한다. 그곳은 무언가를 붙잡았다가 놓은 흔적이다. 오로지 놓는 힘으로 붙잡은 힘을 말소시키면서 재탄생하는 공간. 그곳이 시의 공간이다. 아니면 뭐라고 부를까?

*

마찬가지로 완전히 지쳐서 나오는 말이 있다. 완전히 죽어서 나오는 말도 있다. 그래서 죽이는 말. 더 지치는 말도 있다. 어디까지 지쳐야 하나? 그걸 묻는다면 아직은 입이 있구나. 입술에 달라붙은 힘이 다 빠지고서도 나오는 말이 있다. 혀에 달라붙은 소문이 다 빠져나가고도 남아 있는 말이 있다. 재가 되는 말. 재가 되어서 재를 넘어가는 말. 제각각 지쳐서 제각각 넘어가는 말. 피로는 종류가 다르다. 재 너머의 재도 제각각 종류가 다르다. 나는 재다. 재는 너다. 그런데 나는 네가 아니다. 너도 네가 아니다. 재는 한 덩어리 이상한 물체만 남기고 사라진다. 사라지는 방식도 제각각. 사라지지 않는 방식도 한 덩어리에 뭉쳐 제각각의 냄새를 풍긴다. 냄새가 불이 되는가. 가능하다. 냄새가 말이 되는가. 물론 가능하다. 냄새가 되지 못하는 것이 냄새를 피우는 다른 무엇이 되는가. 이미 되었지 않은가. 냄새를 피우니까. 냄새를 피우지 못하는 것이 그럼 냄새가 되는가. 완전히 죽어서야 나오는 냄새도 있다. 완전히 지쳐서 나오는 그 집에서 내가 한번 더 보고 한번 더 느낀 것. 너는 살 것이다. 나도 살 것이다. 죽을 때까지 냄새를 맡으며. 맡은 냄새를 피우며 불이 붙는 말. 그래서 가능하다. 그래도 가능하다. 그리하여 가능하지 않은 말도 가능하다. 한 번도 만나지 못한 말. 이미지. 그리고 너. 너라는 말. 이미지. 그리고 허방에 빠져서. 나는 잠재적으로 함께 있다. 도무지 있을 수 없는 일이지만. 나는 잠재적으로 헤어졌다. 제발 그러기를 바라지만. 대상은 모두 너다. 너라는 말. 이미지. 허방에 빠져서. 완전히 지쳐서야 나오는 그 말을 물고 빨고 씹고 또 죽여서야 나오는 말.

*

지나왔던 길을 다시 지나가면서 쓴다. 이미 지나왔던 길은 다시 지나갈 수 없는 길이지만, 그럼에도 한 가지. 이미 지나왔다는 기억이 남아 있는 길을 다시 지나간다. 지나가고 있다. 연기의 경로를 추적하는 길. 멈추었다. 연기의 문체를 실험하는 일. 멈추었다. 연기에 대해서 연기의 말로 연기의 방식에 기대어 연기가 되어가는 연기도 잠시 멈추었다. 연기하는 일을 멈추면서 나는 더이상 배우가 되는 일에 흥미를 잃었다. 목소리를 갖춰가는 일에도 관심이 없어졌다. 나는 내 목소리를 잊었다. 잊었다고 말하는 순간의 말이 어떻게 들릴까에 겨우 관심을 두고 있을 뿐. 그조차도 드물게 완성되는 한두 편의 시로 나왔으면 그만. 연기는 그만두었다. 연기는 올라간다. 한번 올라간 연기는 올라간 지점에서 다시 올라가고 더 올라갈 곳도 없는 곳에서 가장 넓은 넓이를 거느리며 퍼진다. 연기는 저 상공에서 연기의 자격을 잃었다. 자격을 잃는 순간부터 내 글도 끝났다고 해야 마땅하겠지만, 자격을 잃는 순간부터 나는 다른 목소리를 내야 하는 것도 사실이다. 나는 내 목소리의 흔적을 좋아하지 않는다. 나는 네 목소리의 흔적도 좋아하지 않는다. 나는 누구의 목소리도 달갑지가 않다. 연기는 올라가기 전부터 퍼지고 있고 퍼지고 있고 납작하고 납작해져서 보이지도 않는 생각의 한 뭉텅이를 싹둑 잘라낼 수도 있다. 면도날처럼 날카로운 것도 아닌데 거의 모든 글의 단면에 들어가서 숨을 쉴 수도 있다. 지금도 이 글의 어딘가를 잘라보면 매캐한 냄새가 배어서 쉬고 있을 것이다. 나는 아직 연기를 끊지 못했다. 연기를 끊는다는 생각도 끊지 못했다. 다만 퍼지고 있고 퍼지고 있고 그래서 내가 써온 거의 모든 글의 단면에서 어정쩡하게 발견되는 냄새의 방식으로 그것을 말할 뿐. 그것이 말할 때까지 나는 연기를 끊지 못했다고 토로하는 방식으로. 토로하는 걸 토로하지 않는 방식으로 위장하기. 연기는 연기를 딛고 올라가면서 연기를 덮는다. 그중의 하나가 이것이기를 바란다고 해서 이것이 연기의 전

부는 아닐 것이다. 일부도 아닐 것이다. 그것은 올라가기를 포기하는 방식으로 올라간다. 번지기를 단념하는 방식으로 더 번진다. 연기가 되어가는 연기를 잠시 멈추는 방식으로 한없이 유예되는 연기를 또 하고 있는 것이다. 누가? 물론 연기는 아니다. 그렇다면 나인가? 나라고 말한다고 해서 내가 될 수는 없겠지만, 연기 역시 내가 될 수 없는 것은 마찬가지다. 그래서 내가 말한다. 연기를 말하고 연기에 대해 말하고 연기가 되는 것을 포기하고 단념하고 유예하면서도 말한다. 연기의 방식으로 연기의 말을 지겹게도 연기하고 있는 것이다.

*

얼마나 많은 밤이 그냥 지나갔는가? 그러나 그냥 지나간 밤은 없다. 밤은 무엇이든 남기고 갔다. 다만 잊혔을 뿐. 망각되었을 뿐. 그래서 흘러갔거나 소실된 것처럼 보이는 밤의 장면 장면은 소실된 것으로 보이는 바로 그 자리에서 다시 떠오른다. 흘러가고 없는 바로 그 자리에서 다시 떠오른다. 무엇이 떠오르는가? 그 말은 무엇이 잊혔는가를 묻는 것과 같다. 무엇이 잊히고 무엇이 사라졌으며 또 무엇이 영영 안 보이는 곳에서 꿈틀대고 있는가를 묻는 것과 다르지 않다. 꿈틀대고 있는지도 모르는 그것. 그것을 찾아서 애를 써봐야 대부분이 헛수고에 그치고 마는 것을 알면서도 발 버둥치듯이 애를 쓰는 가운데, 그것은 지나간다. 그것은 돌아오지 않는다. 그것은 영영 잊힌 가운데 이미 와서 있다. 여기 있지 않으면 다른 어디에도 없을 것처럼 이미 와서 있다. 그것을 말하라. 확신 없이 말하라. 더듬듯이 말하고 잊힌 대로 계속 말하는 가운데 그것은 있다. 이미 여기 와서 있다. 충분히 있다. 충만하고 결핍된 것이 어울리지 않게 아주 멋지게 와서 있다. 그것을 말하라.

*

하늘은 맑은데 하늘은 엄청나게 귀찮다. 귀찮아하는 것은 구름일지도 모르는데 붉어서 더 귀찮아 보이는 하늘이 서쪽 하늘에 있고 서쪽 구름을 두르고 있고 그래서 해가 지는가? 해는 졌다. 아까 전부터 졌다. 계속 지고 있는 서쪽 하늘을 보자니 눈시울이라도 같이 붉어야 할 것 같은데, 아직은 아니다. 감정이 안 잡혔다. 울기 위해서도 필요한 것. 울지 않기 위해서도 필요한 것. 그게 감정이라고 배웠다.

누가 가르쳐준 것은 아니다. 나는 누구한테 무얼 배웠길래 이토록 아무것이나 배웠다고 말하는 것일까? 아무것도 배우지 못한 자가 아무것도 배우지 못했다고 말하는 것보다는 나을까? 헛소리다. 흰소리고 잡소리다. 일단은 붉다. 정신을 차리고 보니 더 붉고 붉어졌고 조금 있으면 검어지면서 밤이라고 떠드는 소리를 만날 것이다. 소리는 누구한테서라도 나온다. 헛소리도 어디를 기니 들을 수 있다. 흰소리나 잡소리도 기억을 더듬으면 모든 곳에서 만날 수 있는 것처럼 흔했는데, 기억을 못 한다. 기억이 없다. 기억이 없는 것처럼 자꾸 떠들다보면 무슨 소린가 들리기도 하는데, 관두자. 이미 말했으니까. 들었다고 말했으니까 그만 말하자.

*

나를 향해 또르르 굴러오다가 멈춘 단어. 나를 향해 침범할 듯이 날아들다가 보이지도 않는 그물망에 걸린 단어. 빠져나오려고 버둥거리다가 어느 순간 멈춘 단어. 미친듯이 몸부림치다가 죽은듯이 얌전해진 단어. 아직은 살아 있는 단어. 살아 있는지도 모르게 숨을 죽이고 있는 단어. 단어 하나가 이렇게도 신경이 쓰인 적 없다. 그것을 보았기 때문이다. 그것이 걸린 것을, 그물망 같은 것에 걸려서 꼼짝도 못 하고 걸린 것을 보았기 때문이다. 보았기 때문에 있는 줄 아는 단어. 보였기 때문에 존재감이 생기는 단어. 죽은 듯이 살아 있는 단어. 죽지 못해 숨만 쉬고 있는 단어. 너는 의지가 없느냐? 물어보면 말 자체가 통하지 않는 단어. 그럼에도 나를 향해 달려들 듯이 날아오던 기세가 싸움이 아니라 대화를 원하는 것처럼 보였던 단어. 그럴 수도 있었던 단어. 실제로 몇 마디 대화도 가능했던 단어. 말이 통하지 않는데도 협상을 벌이고 줄 것은 주고 받을 것은 받으면서 관계를 지속할 수 있는 단어. 그런데 나는 무엇을 받았는가? 너는 무엇을 주고 또 무엇을 받았는가? 이런 질문을 하기 전에도 너는 있었다. 너는 달려오고 있었다. 날아오고 있었던가? 그게 무엇이든 너는 있었다. 너는 오고 있었고 멈추고 있었고 죽은듯이 있었고 살아 있는지도 모르게 살아 있었다. 너를 단어라고 부르자. 단어를 너라고 부를 수 있다면 단어는 무엇이든 되어 그 누구라도 되어 내게 말을 걸어올 법도 한데, 아직은 없다. 아직은 안 보이고 아직은 어디 있는지도 모르게 네가 있고 단어가 있다. 단어는 하나가 아

니다. 단어는 외로워도 단어 혼자서만 지내지 않는다. 단어
는 다른 단어와 어울린다. 다른 단어와 어울려서 다른 단어
의 영향도 받으면서 지배도 받으면서 지배를 한다. 영향을
준다. 단어는 다른 단어다. 이미 단어고 다른 단어다. 그러
니 나를 향해 또르르 굴러오는 단어가 눈에 띈 거겠지. 그
런 단어도 있었겠지. 나를 향해 달려들 듯이 날아오던 단
어가 있었듯이 단어는 하나가 아니다. 한가롭게 하나로
있을 수 없다. 단어는 이미 군단이다. 단어는 이미 전부다.
단어는 모두고 단어는 이미 나를 대신한다. 내가 뭐라고 불
리든 간에 단어는 이미 나다. 내가 이렇게 말했다고 단어가
말했다.

4월 22일 — 시와 남은 말들

동천

바다로 향하는 그 하천은 시커먼 색으로 흘렀다. 바닥을 알 수 없는 색으로 흘렀다. 바닥에 바닥을 덮으면서 흘렀다. 바닥에 바닥을 닮으면서 흐르는 그 하천은 내가 집을 떠날 때도 흘렀다. 내가 집을 떠나서 객지를 떠돌 때도 흘렀고 먼 곳을 떠돌다 집에 돌아가는 날에도 바다로 향하는 그 하천은 흘렀다. 그 하천은 그 하천으로 흘렀다. 다른 하천이 아니었고 행여 다른 하천이 되더라도 물이 흘렀다. 시커먼 물이 흘렀다. 그 물이 그 물이 아니 되더라도 시커먼 색이 흘렀다. 시커먼 색에 시커먼 색을 입히면서 흘렀다. 시커먼 색이 더 시커먼 색으로 변하더라도 변치 않고 흘렀다.

바다를 향해서 흘렀다. 거기 있는 바다가 거기 있는 바다가 아니 될지라도 그것은 흘렀다. 흘러서 나갔다. 바다를 등지고 내가 영영 집을 떠나던 날에도 그것은 흘렀다. 다른 곳에서 다른 사람과 다른 집에 정착하는 날에도 그것은 흘렀다. 흐르지 않았다면 하천이 아니므로 하천이 아니었으므로 그것은 흘렀다. 시커먼 색으로 시커먼 바다를 향해 흘렀다. 내가 그 하천을 생각하지 않는 날에도 그것은 흘렀다. 흐르지 못한다면 진작에 그만두었을 그 흐름을 내가 완전히 망각하는 날에도 그것은 흘렀다. 바다를 향해서 쌓이고 쌓인 그것들이 다 흩어지더라도 흘러갔다. 오십 년 넘게 모든 것이 흘러갔는데도 변하지 않고 흘러갔다. 그때 흐르던 그 하천을 다 완성하지 못하고 흘러갔다. 두 번 다시 만날 수 없는 그 하천을 향해서 흘러갔다.

남은 말들
―십구 년 전 부산에서

　되도록 이곳을 말하고 싶지 않았다. 되도록 이곳에서 먼 얘기를 찾아내고 싶었지만 그 얘기조차 이곳을 거치지 않고서는 쉬이 말문을 트지 못한다.

　이곳은 우리 동네. 이곳은 조방앞이라 불리는 한밤중의 번화가. 대여섯 살 때부터 서른을 훌쩍 넘긴 지금까지 살을 붙이고 살아온 곳. 나의 어린 시절과 성장기를 고스란히 담고서 늙어가는 동네. 태어난 곳은 아니지만 고향이나 다름없는 곳. 본적을 여기로 옮겨왔음에도 여전히 이방인처럼 걸어다니는 곳. 이 모순투성이 동네를 말하기 위해선 우선은 차분해져야 한다. 한밤에도 불야성을 이루는 이 동네의 난폭한 기억들이 한꺼번에 쏟아지기 전에.

　네온사인과 주점과 취객과 호객꾼들이 구분 없이 섞이고 빛나는 이 동네의 길은 밤이 깊어갈수록 질퍽해지고 언성이 높아진다. 도로마다 흥건한 그림자가 쌓인다. 싸우는 사람도 많고 얻어맞는 사람도 많고 엎어져서 자는 사람도 드물지 않게 보인다. 경기가 예전 같지 않은 지금도 그런 살풍경은 섭섭잖게 보인다.

사건 사고가 많은 이 동네의 불야성도 새벽을 지나면서 조용히 그 이빨을 감추고 숨어든다. 어디 이 동네뿐일까. 번화가를 낀 모든 도시의 풍경이 가장 온순한 발톱을 드리내는 순간이 바로 새벽이다. 불과 한두 시간 전까지만 해도 흥청망청하던 그 거리가 말끔히 비워지는 순간이다. 재난 영화의 한 장면처럼 모두들 도시를 버리고 떠난 것 같다. 한두 시간 사이에 이렇게도 버려지기 좋은 장소로 전락해버리는 곳. 그곳이 번화가이며 또 우리 동네이다.

덕분에 이 동네를 가장 산책하기 좋은 시간도 새벽에 몰려 있다. 이 시간에 나가면 술집으로 빽빽한 빌딩도 우두커니 선 가로수처럼 얌전해 보인다. 불 꺼진 네온사인 간판도 침묵하고 있기는 마찬가지다. 그 많던 사람도 자동차도 손에 꼽을 만큼 띄엄띄엄 보인다. 덕분에 내가 하루중에서 유일하게 다른 도시를 체험하는 순간도 새벽에 몰려 있다.

"그 새벽의 전혀 다른 도시를 보여줄 것." 거의 다짐처럼 들리는 이 목소리는 두번째 시집의 어느 귀퉁이에서 튀어나온 말이고 새벽을 걷다가 문득 건져올린 말이다. 새벽에는 왜 도시가 공원처럼 잠잠해지는가. 공원보다 오히려 더 조용해지는가. 나무마다 새들이 잠을 깨는 시간에 도시는 비로소 잠에 빠져든다. 그리고 나는 걷는다. 동네를 걷고 동네 주변의 공원을 걷고 뒷골목을 걷고 (컴컴한 도시의 뒷골목도 이때만큼은 안전하다) 그리고 강변을 걷는다.

강변이라고 했지만 강이 흐르는 것은 아니다. 도시의 뒷물이 모여서 흐를 뿐이다. 이름하여 동천東川. 혹은 '똥천'이라고 부르는 이 탁한 물길의 주인공은 새벽에도 나를 받아주고 아침에도 나를 비춰주며 한밤중에도 변함없이 걷고 있는 내 얼굴을 시커멓게 반사한다. 그것도 강이라고. 그것도 물이라고 눅눅한 밤공기를 따라 흐르는 이 방랑하는 영혼을 잔잔히 위로하는 것이다.

누군들 성공하고 싶지 않을까. 누군들 위로받고 싶지 않을까. 따지고 보면 다 각박하고 다 가엾은 존재들이 끝에 가서는 냄새나는 오물밖에 되지 않는 운명을 누군들 거스를 수 있을까. 동천에 오면 모든 게 떠내려간다는 것을 다시 실감한다. 앞으로의 운명을 바꿔보겠다는 세찬 다짐도 그 다짐을 부질없게 만드는 허한 생각도 물끄러미 떠내려가는 물살 앞에서는 모두가 한통속이다. 검은 물살이 말한다. 모든 색깔을 다 뒤집어쓴 그 색깔이 다시 말한다. 생명도 검고 죽음도 검다.

그러면 모든 빛깔을 다 집어삼킨 빛깔이 다시 말한다. 생명도 안 보이고 죽음도 안 보인다고. 어느 작가의 말처럼 안 보이는 것이 새삼스레 다시 보이는 것이 밤이다. 낮의 삶에 익숙한 생활인들이 종종 잊어버리고 사는 (잊어버리고 살아야 마음 편한) 밤의 빛깔. 그것은 검은가 싶으면 어느새 환하다. 환하다 싶으면 다시 밤이다.

켜켜이 쌓인 밤의 속살. 그 눈부신 검정을 지나면서 나의 감정도 조금씩 변한다. 멀리 갔다 오든 가까이 산책을 하고 오든 감정은 매일같이 여행을 떠난다. 산책하기 좋은 새벽

에도 떠나고 아침에도 돌아다니며 저녁을 지나 한밤중에도
그 여행은 멈추지 않는다. 그래, 나는 어디든 돌아다닐 태세
였다. 언제든지 이별할 태세였고 무엇이든 안녕할 태세였
고 깨알같이 써놓은 글자들이 하나씩 무리를 이루어갈 때
떠내려가는 것. 그것이 시라고 생각했고 내 인생에서 가장
가까운 여행지는 오늘 밤에도 쉬지 않고 흐른다.

쉬지 않고 떠내려가는 그 동천을 나는 다 말하지 못했다.
맑은 날이면 아침이고 저녁이고 갈매기가 날아와서 몇 바
퀴를 돌다 가는 곳. 바다가 가까운 이 도시하천은 떠내려가
는가 싶으면 어느새 멈추어 있고 고인 물살이 어느 순간 방
향을 틀어 역류할 때도 있다. 단순히 떠내려간다는 인상을
단숨에 뒤집는 신기한 현상을 나는 과학적으로 설명할 생
각이 없다. 아마도 바닷물이 들고나는 탓에 생긴 현상이겠
지만, 그보다 먼저 한없이 가라앉았다가 한없이 흘러넘치
는 이 감정의 기복을 어딘가에 의탁할 장소로 찾는 것이 동
천이라는 사실만 매번 확인할 뿐이다. 바다는 거대하고 나
는 나만 생각해도 언제나 벅차다.

이 때문에 사물이 보이지 않고 사건이 보이지 않고 결국 엔 내가 보이지 않는다. 유령이 되는 순간은 꼭 죽어야만 찾 아오는 것이 아니다. 내가 나를 잃어버리는 순간에도 유령 은 찾아온다. 내 감정에 짓눌려서 내가 사라져버릴 때 다른 모든 주변이 눈에 들어오지 않을 때 유령은 어김없이 찾아 온다.

아무리 걸어도 유령을 걷어낼 수 없는 삶이 다시 동천을 찾는다. 아마도 영원히 다 말할 수 없는 이 하천에서 수시 로 수면을 비집고 올라오는 기포. 수위가 낮아지면 더께처 럼 껴 있는 콘크리트 벽면의 하수 자국들. 천변의 하늘을 덮 고 가는 육중한 고가도로와 기둥들. 내가 나를 의탁할 장소 가 여기라는 사실과 여기밖에 없다는 체념이 뒤섞여 흐르 는 곳. 동천을 떠나면서 나는 매일 다른 사람이 된다. 밤에 도 태어나고 새벽에도 다시 태어나는 그가 홀가분해 보이 는가? 강물은 말이 없다.

4월 23일 一시

실망

새벽마다 현관문 앞에 도착하는 것이 있다. 그게 무얼까 궁금하여 아침까지 잠 못 이루다가 문을 연다. 과연 문 앞에 도착한 것이 있다. 신문이나 요구르트? 아니다. 탕수육이나 피자? 물론 아니다. 그럼 당신이 보낸 편지나 엽서? 기대도 하지 않는다. 선물은 더더욱 아닐 것이다. 그럼 뭐가 도착한 것일까? 문을 열기 전까지는 모른다. 문을 열고 나서야 실망이 가득한 눈으로 그것을 본다. 그것을 확인한다. 새벽마다 현관문 앞에 도착하는 그것. 새벽 기도하러 가는 어머니가 매일같이 챙기던 것이기도 한 그것. 십수 년이 더 지나서 나 혼자서 살고 있는 집에도 도착하는 그것. 그것이 무얼까? 문을 열면 보인다. 매번 실망하는데도 오늘은 다른 것일까 기대하는 사람의 눈에도 보인다. 그걸 말하려니까 두렵다. 당신이 실망할까봐 두렵다.

4
월
24
일
—
에
세
이

캐치볼을 하러 갔다

—코로나 시절의 어느 하루

오랜만에 캐치볼을 한다. 물론 혼자서는 아니다. 두 사람이 캐치볼을 한다. 한 사람은 오십대 초반. 다니던 회사 사정으로 두 달째 무급휴직중이다. 그리고 언제까지 무급휴직 상태로 대기해야 할지 알 수 없는 상황이다. 한 사람은 사십대 후반. 평생 정규 직장을 가져본 적이 없는 사람이다. 그런데 언제까지 변변한 직장도 없이 살아갈 수 있을까? 장담할 수가 없는 삶이다. 말이 좋아 프리랜서지 내일 당장 일거리가 끊어져도 하등 이상할 것이 없는 삶.

그러고 보니 두 사람 다 막막한 상태에서 캐치볼을 하러 나왔다. 교외의 한 공터다. 본격적으로 재개발에 들어가기 전에 잠시 잠깐 놀려놓고 있는 땅. 오늘은 여기서 캐치볼을 한다. 어찌 보면 팔자가 좋아 보인다. 아득바득 시간을 쪼개가며 무슨 일이라도 벌여야 할 판에 한가롭게 교외로 나가 캐치볼이나 하고 있으니. 마음은 막막한데 몸은 또 근질근질하다. 이것저것 복잡한 생각을 하기 싫은 탓도 있을 것이다. 오랜만에 몸이라도 움직이자. 몸이라도 움직일 요량으로 챙겨온 야구공과 야구 글러브. 모두 무금휴직중인 사람이 챙겨온 것이다.

평소 야구 관람하는 걸 즐기는 그는 한때 사회인 야구팀에서 주전 포수로 활약하기도 했다. 직접 공을 만지지 못하면 야구장에 가서 '직관'이라도 해야 하는데, 역병이 도는 이 시절에는 그마저도 쉽지가 않다. 티브이로라도 야구 경기를 지켜볼 수 있는 게 감사할 따름이다. 평소 운동이라곤 걷기와 숨쉬기 말고는 전무하다시피 한 프리랜서도 역병 탓인지 나이 탓인지 일거리가 많이 줄었다. 집에서 가만히 숨쉬고 앉아 있는 것도, 어쩌다 공원을 산책하는 일도 지겨워질 때쯤 간만에 연락이 닿은 선배와 이렇게 몸이라도 움직여볼 요량으로 캐치볼을 하러 나왔다.

캐치볼은 단순한 운동이다. 오른손잡이라면 오른손으로 공을 던지고 글러브가 있는 왼손으로 공을 받으면 된다. 한 가지 주의사항이 있기는 하다. 공을 던지기 전에 상대방이 이쪽을 보고 있는지 확인하는 일. 그래야 안전하게 공이 오 갈 수 있으니까. 잘못 맞으면 뼈에 금이 갈 수도 있는 공이지만, 잘만 받으면 글러브에 착 감기는 맛이 다른 어떤 공으로도 대체할 수 없는 쾌감을 주는 공. 포구 지점을 향해서 제대로 던지는 것도 캐치볼의 제맛이지만, 제대로 받아낼 때 글러브와 공이 순간 접착하듯이 딱 맞아떨어지는 촉감도 캐치볼의 빼놓을 수 없는 매력이다.

무언가 내 손에서 빠져나간 것이 다시 내 손으로 들어와 안착하는 듯한 느낌. 이 느낌이 좋아서 공터에 나온 두 사람은 조금씩 거리를 멀리하며 공을 주고받는다. 멀어질수록 둘 사이의 대화는 짧아지고 드물어지고 희미해져간다. 대신 상대를 향해 공을 던질 때의 감각과 날아온 공을 받을 때의 감각과 그리고 큰 포물선을 그리며 갔다가 되돌아오는 공의 궤적만 남아서 둘 사이를 채운다.

하기야 무슨 말이 필요하겠는가. 말하자니 푸념밖에 안 나오고 푸념이 아니면 한숨밖에 안 나와서 골방에서 담배나 피울 사람이 새삼 밖에 나와서까지 한숨과 푸념을 늘어놓고 싶지는 않을 것이다. 지금 내 몸에서 나가는 것은 공 하나로 충분하고, 다시 들어오는 것 역시 공 하나면 충분하다. 글러브에서 손바닥을 거쳐 곧장 머릿속까지 전해지는 공 하나의 짜릿한 촉감에 만족할 때, 나의 시선은 허공에서 궤적을 그리는 야구공에 집중하는 것으로 또 충분하다.

아무래도 그는 다른 생각을 잊자고 나온 것 같다. 오늘은 공 하나만 신경쓰자고 나온 사람 같다. 그가 한창 무급휴직의 터널을 지나는 사람이라 해도 좋고, 간신히 오늘만 살고 있는 프리랜서라고 해도 상관없다. 중요한 것은 지금 내 손에서 공 하나가 떠났다는 사실이다. 잠시 후 멀리서 돌아오는 공 하나가 또 있다는 사실이다. 한숨이나 푸념 대신 내보낸 그 공이 이제 내 손에 안착하기만을 기다린다. 이왕이면 짜릿하게 들어오기를 바라며, 조금 더 몸을 움직인다.

4
월
25
일
—
에
세
이

어느 외로운 외야수를 생각해요

"거울 앞에 서서 어느 외로운 외야수를 생각해요/느리게 느리게 허밍을 하며…… 오후 네시,//바람은 꼭 텅 빈 짐승처럼 울고/살짝 배가 고파요." 지금은 작고하고 없는 한 시인의 시 구절이다. 뽑아놓고 보니 외야수라는 자리가 참 외로워 보인다. 저 넓은 야구장에서 가장 외롭게 서 있는 듯한 사람. 우익수든 좌익수든 중견수든 새삼 포지션을 나눌 필요 없이 저 넓은 외야를 혼자 책임질 것처럼 고독하게 서 있는 사람. 그렇다고 등골이 휠 정도로 막중한 책임감이 따르는 자리는 아니다. 어쩌다 한 번씩 날아오는 공을 실수 없이 처리하기만 해도 최소한의 합격점은 받는다. 거기에 더해서 외야를 꿰뚫는 타구를 전력 질주하여 걷어낼 수 있는 주력과, 홈으로 질주하는 타자를 잡아낼 수 있는 강한 어깨를 갖추고 있다면 금상첨화겠다.

타격 능력은 팀에서 최소 중간 이상은 차지해야 한다. 그래야 비교적 한가로워 보이는 수비 보직을 상쇄하는 인상을 심어줄 수 있으니. 한가로워 보인다는 말은 한편으로 수비에서 돋보일 수 있는 기회가 자주 없다는 뜻이기도 하다. 그만큼 공이 자주 안 가는 자리라는 말도 된다. 어떤 이는 말한다. 외야수에게 공이 자주 가는 것 자체가 위험한 일이라고. 실점할 확률이 그만큼 높아지는 일이라고.

그러고 보면 외야로 날아가는 공은 모두 잠재적인 폭탄이다. 안타성 타구뿐만 아니라 평범한 플라이볼도 모두 작은 실수 하나만 겹쳐도 대형 사고로 이어지기 때문이다. 오죽하면 "내야수가 실수하면 한 베이스를 내주지만 외야수가 실수하면 한 점을 내준다"라는 말이 나오겠는가. 띄엄띄엄 공이 오지만 올 때마다 폭탄처럼 다루어야 하는 부담감을 안고서 서 있는 사람. 그가 외야수라면 한가로워 보인다는 말은 당연히 취소되어야 한다. 그럼에도 어쩔 수 없이 인정되는 한 가지.

　외야에서 보면 내야는 늘 바쁜 곳이다. 바쁜 이들이 모여서 복닥대고 있는 것 같다. 다닥다닥 붙어서 서로 대화도 자주 나누는 것 같다. 그에 비하면 외야수는 거의 외로운 섬이다. 외로운 섬 셋이 망망대해에 떠 있는 느낌. 서로 대화하려고 해도 너무 멀어서 잘 들리지 않는다. 기껏해야 수신호 정도가 오고 갈 뿐인데, 그마저도 귀찮아서 자주 안 하는 것 같다. 한동안 귀가 따갑도록 들었던 '사회적 거리 두기'를 이보다 충실하게 실천하는 보직이 또 있을까 싶다.

　어찌나 거리 두기를 열심히 했는지 세상의 중심에서도 가장 먼 곳에 있는 일원으로 외야수는 경기에 참여한다. 야구장이라는 세상의 중심에는 마운드가 있고 그 위에는 언제나 투수가 있다. 그러니까 투수로부터 가장 먼 거리에 있는 변방의 동료가 되어 그는 경기에 나선다. 경기가 끝날 때까지 변방으로 나가서 서 있다가 들어온다. 어떨 때는 공 한 번 잡지 못하고 들어와서 여느 선수들처럼 땀을 식히는데, 똑같이 쉬고 있는 와중에도 카메라에 포착되는 기회는 외야수보다 투수가 훨씬 더 많다.

　외야수는 더그아웃에서도 중심과는 거리가 멀다. 그는 앉아서도 외롭게 외야를 본다. 저기 내 자리에 누가 또 외롭게 서 있구나. 이런 생각이나 하면서 텅 빈 짐승처럼 부는 바람을 본다. 바람이 거세니 오늘은 더 조심히, 날아오는 폭탄을 다루어야 한다. 폭탄이 정말로 폭탄으로 터지기 전에 내가 더 빨리, 더 멀리, 더 미친듯이 움직여야 한다.

　외롭다고 생각할 틈도 없이 바빠지면 바빠지는 대로 저 넓은 외야를 외롭게 뛰어다니는 사람. 평소에는 우두커니 서서 느리게, 느리게 허밍하듯이 시간을 보내고 있는 사람. 저 사람이 외야수라면 나는 어떤 자리에 서서 그를 말하고 있는 것일까? 아마도 거울 밖에 서서 그를 보고 있는지도 모르겠다. 아니면 거울 안에 서서 외롭게, 외롭게 밤하늘을 보듯이 저 먼 곳을 들여다보고 있는 누군가를 말하고 있는지도 모르겠다. 말하다보니 살짝 배가 고프다. 경기가 끝날 때가 되었다.

4월 26일 ― 노트

약속

오늘은 날이 흐리다. 창밖의 하늘이 흐리다. 잔뜩 구름이 끼어 있다. 끼어 있는 정도가 아니라 아예 덮고 있다. 하늘을 덮고 있다. 창밖의 하늘. 얼마큼 두꺼운 구름이 하늘을 덮고 있는지는 모르겠다. 그냥 덮고만 있다. 이불이 펼쳐진 것처럼 구름이 덮고 있는 창밖의 하늘. 변하는 것은 하늘이다. 하늘의 구름이고 오늘은 많고 넓고 그다지 움직이는 것 같지도 않다. 구름이 흐르지 않는다. 바람이 불지 않는다는 것. 바람이 잠잠하다는 것. 멀리서 눈에 띄는 굴뚝의 연기도 흐른다기보다 올라가기 바쁘다. 연기는 피어올라서 서서히 흩어지고 있다. 저 끝을 알 수 없는 흩어짐. 사라짐. 시작은 연기였으나, 굴뚝의 연기였으나, 끝은 공기 중 어딘가가 되어 어딘가의 일원으로 흩어져간다. 사라지고 있다. 사라지는 순간부터 연기는 연기가 아니다. 연기일지라도 연기라고 부르기 힘든 사라짐. 흩어짐. 그리고 이동. 연기의 이동이자 입자의 이동.

하늘은 여전히 흐리다. 창밖이 흐리다. 맞은편에 있는 칠팔층 높이의 건물 꼭대기에 붉은 피뢰침이 하나둘셋. 건물이 세 개라는 말. 건물은 그대로 있고 피뢰침도 그 자리 그대로 서서 하늘 아래 있다. 여기서 보면 하늘 앞에 있는 것 같고 하늘을 찌르는 것 같기도 하고 하늘을 향해 끝 모르고 치솟다가 잠깐 멈춘 듯이도 보인다. 피뢰침은 끝이 있다. 멈추어 있기에 그 끝이 눈에 잡히는 것이다. 포착되고 있다. 멈춰 있는 끝. 피뢰침의 끝. 그리고 끝을 알 수 없는 연기의 상승과 이동과 사라짐. 흐름과 사라짐.

아직까지 사람 얘기는 나오지 않았다. 건물도 사람이 만든 것이고 건물 위로 솟은 피뢰침도 사람이 만든 것이고 굴뚝에서 피는 연기도 따지고 보면 사람이 만든 것일 텐데, 사람은 아직 나오지 않았다. 사람 얘기는 되도록 하지 말자.

지겨우니까. 신물이 나니까. 이 정도로 싫증을 느낄 필요
도 없는데, 오늘은 관두자. 사람 얘기는 관두고 하늘이나 보
자. 구름으로 덮인 저 하늘을 창밖에 두고서 보자니 할 말이
계속 생각난다. 뚝 끊겼다가도 생각난다. 보이는 것이 있어
서 생각난다. 보이는 것이 없어도 생각나겠지만, 오늘은 보
인다. 보이려고 창밖이 있는 것처럼 보인다. 하늘이 보이고
구름이 보이고 건물이 보이고 옥상도 보이고 옥상 위로 솟
은 피뢰침도 보이고 더 멀리는 연기까지 보인다.

연기는 곧바로 올라가다가 멈춘다. 멈추지 않는 것이 연
기인데, 멈출 줄 모르는 것이 또 연기인데, 연기는 멈출 수
있다. 이렇게 멈춘다고 쓰는 순간부터 연기는 멈춘다. 그
자리 그대로 멈추어 서서 연기는 다시 연기다. 연기가 아니
면 다른 무엇으로 불러야 연기는 멈춤을 멈추지 않고 다시
움직일까? 움직인다고 쓴다. 이동한다고 써도 좋고 이동하
다가 흩어진다고 해도 아무런 문제가 생기지 않는 곳. 그곳
이 여기다. 이 글쓰기의 현장이다. 현장에서 현장을 보자니
다시 창밖이 문제다. 창밖은 아무런 문제도 없이 창밖의 풍
경을 보여준다. 창밖의 하늘과 구름과 점점 옅어져가는 구

름의 변화를 보여준다. 구름으로 덮인 하늘 저 끄트머리에서 희미하게 빛이 번지고 있는 것이 보인다. 구름의 밀도가 상대적으로 떨어지는 곳. 저기서부터 구름은 서서히 구름이 되는 것을 포기하면서 맨하늘이 되고 있을 것이다.

맨하늘을 문득 보고 싶은데, 또 문득 맨하늘이란 게 뭘까 싶다. 맨하늘은 하늘에 아무런 이물질도 없는 상태를 뜻하는 것일 텐데, 하늘 자체가 온갖 이질적인 성분의 조합으로 이뤄진 것 아닌가. 그러니 맨하늘은 맨하늘이라는 말뿐이다. 말뿐이면서 허울뿐인 맨하늘을 보고 싶다고 그래도 쓴다. 그렇게 쓰고 보니 맨하늘이 문득 그립기도 한데, 이 아침이 지나고 이 하루가 지나고 적어도 며칠이 지나면 또 볼 수 있는 게 맨하늘이겠지. 그때 보자고 생각하면서 창밖을 본다. 지금도 구름이 덮고 있다. 오늘은 꽤 오래갈 모양으로 흐린 하늘이 펼쳐져 있다. 비는 오지 않는다. 금방 올 것처럼도 보이지 않는다. 그래도 우산은 챙겨 나가야겠지. 외출을 생각한다. 정오에 잡힌 약속을 생각한다. 점심을 같이 먹는 약속을 생각한다.

선릉으로 가야 한다. 선릉에 가면 약속 장소가 있다. 약속
된 장소는 식당인데, 어떤 식당인지는 약속을 잡으면서 보
내온 문자 메시지를 다시 봐야 한다. 아무튼 가야 한다. 약
속이니까 가야 한다. 약속이니까 간다. 약속이 아니면 아니
갔을까.

4월 27일 ― 시와 남은 말들

하늘

하늘을 보면서 내가 아는 단어는 몇 개 없다.

지나치게 맑은 것 같은데 지나치게 맑은 가운데서도

구름이 떠 있는 것이 보인다.

흐르는 것도 보인다. 한 점이라고 하자니

점은 아니고 한 덩어리라고 하자니 덩어리라고 부

르기도

곤란한 구름이 아주 엷고도 작은 구름이 떠 있고

흐르고 있다. 몇 분만 보고 있어도 흐르고 있는 게

보인다. 보이니까 구름이겠지.

구름이니까 흐르면서 뭉치고 뭉치면서 커지고

커지면서 덩어리라고 불러도 될 만큼

분명한 구름의 형상을 보이는데

구름의 형상은 여러 가지고

수십 갈래로 나눠도 다 나눠지지 않는

구름을 본다. 지금은 많이 커졌다.

저렇게 빨리 커지는 것도 구름이고

저렇게 빨리 흐르는 것도 구름이고

커졌다가 흐르면서 졸아드는 것도

구름이니까 가능한 일. 충분한 일.

하늘을 보면서 내가 아는 단어는 몇 없는데

구름은 창밖을 빠져나가고 있다.

다 빠져나가고 나면

무엇을 말해야 하나. 하늘은 하늘인데

내가 아는 단어는 많지 않다.

날이 바뀌어도 하늘이 있다.

없을 때까지 있는 단어.

남은 말들

　구름을 본다. 어제도 떠 있던 구름. 오늘도 떠 있는 구름과 다른 것이지만 구름이다. 구름이 떠 있다. 구름들이 떠 있다고 하나 구름이 떠 있다고 하나 거기서 거기인 차이. 구름은 단수가 아니므로. 단수가 될 수 없으므로, 적어도 되기 힘들므로, 구름은 복수도 되기 힘들다. 구름은 구름이다. 구름들이면서 구름이다. 구름 한 점은 이미 한 점이 아니다. 두 점도 아니고 세 점도 당연히 아니다. 구름은 구름들이다. 구름에게 단수는 이미 복수다. 복수는 이미 단수고 기껏해야 덩어리다. 덩어리의 경계가 명확하면 덩어리 하나 덩어리 둘 헤아리듯이 헤아릴 수도 있겠지만 덩어리의 경계가 그렇게 명확한 경우가 얼마나 될까? 엄밀히 따지면 구름은 다 연결되어 있는 것이 아닐까? 덩어리와 덩어리 사이 극도로 희박하게 분포한 구름의 입자를 두고서 우리는 텅 빈 하늘이라고 부르는 것이 아닐까? 구름 한 점 없이 푸른 하늘이라고 부르는 것도 구름의 입자가 극도로 희박하게 흩어져 있는 것을 편의상 생략한 표현이 아닐까? 이건 물음이지만 물어볼 것도 없이 사실이 아닐까? 우리 눈에 없는 것처럼 보이니 생략해도 무방한 구름의 있음. 구름의 희박한 있음. 구름의 희박한 분포를 희박하면 희박할수록 맑고 높은 하늘이라고 칭송하는 태도까지 따지고 싶은 생각은 없다. 그렇게까지 따지고 드는 태도를 오히려 거부하고 싶으면서도 따지고 드는 것. 저 하늘에서 구름이 없는 곳이 과연 있을까?

저기 저 하늘에서 구름이 없는 곳은 없다. 구름이 없는 곳은 완벽하게 구름이 없는 곳이어야 하는데, 그런 하늘은 없다. 그런 장소도 없다. 어디에도 없는 구름은 없다. 어디에나 있는 구름이 오늘은 무진장하게 많아 보이고 어제는 도무지 없는 것처럼 보였을 뿐이다. 내일은 쳐다보지 않고서도 구름이 있다고 말하는 저 하늘의 어딘가에서 구름은 구름으로 모습을 바꿔간다. 구름은 구름으로 색을 갈아입고 형태를 갈아입고 분위기도 바꿔 입으면서 내일의 구름을 향해간다. 내일의 구름으로 전진해간다. 구름은 후퇴하는 법을 모른다. 오로지 구름에서 구름으로 전진한다. 전진하면서 성장하고 전진하면서 쇠퇴하고 전진하면서 소멸하기도 하지만, 구름이 후퇴하는 시간은 없다. 역행하는 시간이

없는 것과 마찬가지로 구름은 순행하면서 바람에도 지형에
도 해수면에도 심지어 지구의 공전과 자전에도 순행하면서
전진한다. 전진하는 시간을 전진하는 것. 순행하는 시간을
순행하는 것. 그것이 구름이라면 구름은 장소이면서 또한
시간이다. 앞으로만 가는 시간. 도무지 뒤를 모르는 시간.
뒤에 있는 것은, 아니 뒤를 향하는 것은 기껏해야 인간의 기
억이거나 기록. 역사이거나 상상. 역사가 상상이라면 현재
는 환상이다. 매 순간 지나치는 현재를 환상이 아니면 붙잡
아둘 방도가 없다. 환상이 아니면 무슨 수로 현재를 눌러앉
힐 수 있을까. 현재는 달아나면서 겨우 환상이라는 위안거
리를 남겨둔다.

4월 28일 — 노트

딱 한 사람의 길

옷장에는 옷이 걸려 있고 책장에는 책이 꽂혀 있고 다른 것도 있다. 다른 것이 있다.

다른 것은 식물이다. 선인장과 화분이다. 작은 선인장과 화분이 책장에 있다. 책장을 장식하는 다른 것이 있다. 다른 것도 있다.

담배가 있다. 인도에서 건너온 독한 담배가 있다. 인도에서 건너와서 몇 대 태우지 않고 모셔둔 담배가 있다. 지독한 담배가 있다. 인도 담배는 독하다. 독하지 않은 것도 있다. 독하지 않은 것이 있다. 독하지 않아야 하는 것.

양초가 있다. 캔들이 있다. 향기 나는 캔들. 선물로 받은 캔들. 가끔씩 불을 붙이는 캔들. 방 안의 찌든 냄새를 빼기 위해. 기분 전환을 위해. 별생각도 없이. 불장난하듯이 심지에 불을 붙이고 가만히 본다. 그을음이 올라올 때가 있다. 그을음이 올라올 때도 있다. 그래서 심지를 자르고 다시 불을 붙이는 양초가 있다. 캔들이라고 해두자.

양키 캔들이 있다. 중저가다. 중저가의 양키 캔들이 고급스럽게 있다. 나는 저걸 태우려고 방안에 냄새를 만들지 않는다. 냄새는 만드는 게 아니다. 냄새는 만들어지고 맡아지고 어떻게든 반응하는 내가 있는데 내가 있어서 냄새가 있다. 어떤 냄새여야 좋을까? 이런 생각도 잠시 하다 말고 양초를 본다. 캔들이라고 했던 것. 중저가의 것. 그리고 또 본다.

책장에는 책이 꽂혀 있고 누워 있는 것도 있다. 꽂힐 자리가 없어서 밀려난 책이 한 권 두 권 세 권 헤아려보면 더 있을 것이 분명한 누워 있는 책이 이 책장에도 저 책장에도 있고 또 어딘가에 있어서 누워 있는 책. 서 있지 못하고 누워 있는 책이 사람처럼 보인다면 그 또한 사실이고 진실이고 비유가 되겠지만 사람도 눕는다. 사람이 눕는다. 눕는 사람이 있다. 눕는 사람도 사람이니까 있다. 있어서 본다. 누워 있는 사람을.

지금은 병상에 있다. 아파서 누워 있다. 얼마나 아픈가. 그건 의사만이 아는 것 같고 간호사도 아는 것 같고 그의 가족도 아는 것 같고 가까운 지인들도 아는 것 같고 먼 사람은 모른다. 멀리 있는 사람은 그가 누워 있다는 사실조차 모른 채 눕는다. 침상에 눕고 바닥에 눕고 관에도 눕는 사람이 있다. 누가 눕혀줘야 눕는 사람. 누가 감겨줘야 감는 사람. 눈을 감고 입을 닫고 관 뚜껑까지 닫을 수 있는 사람이 어딘가에 있다. 멀리 있다. 그는 이 소식을 모를 것이다. 병상에 누워서 너무 멀리 있는 사람의 죽음을 모르고 죽어간다. 그는 죽어가는 사람이다. 나는 살아 있는 사람이다. 둘 사이에 아무런 차이도 없는 문장이 하나씩 둘씩 박혀서 거리를 만들고 조금 더 멀게 만들고 그래서 우리는 남이라고 생각했다. 내가 생각했다. 당신은 남입니다. 가족이 아니라서 남이고 친구가 아니라서 남이고 나의 스승이 아니라서 남이고 나의 제자도 아닌 사람이 다 늙어서 아프다. 아프다고 하고 누워 있다. 곧 죽을 사람처럼 누워서 나를 올려다본다. 아무런 초점이 없는 그 눈을 보고 얼른 일어나시라고 말하고 나왔다. 병상에 누운 그를 뒤로하고 나왔다. 뒤에는 죽어가는 사람이 있다.

죽은 사람도 있다. 죽은 사람이 있다. 어제 죽은 사람도 죽은 사람이다. 오늘 죽은 사람도 죽은 사람이다. 백 년 전에도 천 년 전에도 변함없이 죽었을 사람이 죽어 있다. 변함없이 죽어 있다. 산 사람은 책을 읽는다. 산 사람은 옷을 입는다. 스스로 입고 스스로 벗고 누구 하나 도와주는 사람이 없는데도 살아 있는 사람이 도움을 청한다. 도움을 원한다. 간절히 바라고 있는데 간절히 바라는 만큼 이뤄진 소원이 얼마나 있을까. 얼마 없다. 거의 없다. 그럼에도 바란다. 소망을 하고 소원을 빌고 희망을 말한다. 절망조차도 희망을 전제로 말한다. 살려주십시오. 제발 살려만 달라고 애걸하고 복걸하는 와중에도 삶은 그를 배신했다. 삶도 그를 배신했다. 살아 있는 모든 것이 그를 배신하면서 그는 있다. 있다고밖에 할 수 없는 그의 삶도 그를 배신했다. 그를 살리려는 모든 노력도 그를 배신했다. 그는 배신자다. 그는 배신자에 둘러싸여서 배신자의 길을 간다. 나도 나를 배신하리라. 책장에 꽂힌 책을 배신하고 벗어놓고 팽개쳐둔 옷을 배신하고 양초도 캔들도 뭐라고 부르든 무슨 상관이랴 배신하고 선인장도 배신하면서 더는 물을 먹이지 않는다. 과하게 물을 먹여도 괜찮다. 어떻게 해도 배신하기는 마찬가지이므로 담뿍 물을 먹여놓고 한 달 동안 두 달 동안 한 번도 물을 먹이지 않은 선인장이 아직도 살아 있는 광경이 배신자처럼 보이는가. 그는 배신자다. 그러므로 선인장도 배신자다. 이대로 몇 년이 지나도 배신자다. 한번 배신자는 영원히 배신자이므로 다른 길이 없는 길을 그는 간다. 다른 길이 없다. 다른 길은 없다. 다른 길조차 없어져버린 배신자의 길.

아무도 도와주지 않는다. 그 역시 아무도 도와줄 생각이 없는 아무가 되어 아무를 만난다. 너도 배신자야. 그도 배신자이듯이 그를 대하는 사람들의 표정이 한없이 너그러워 보여도 그는 배신자다. 한없이 부드럽고 공손해 보여도 그는 배신자다. 나도 배신자다. 너도 배신자고 그래서 우리는 신념 없이 만난다. 누가 누구를 배신해도 아무가 아무를 등

쳐먹어도 상관없는 사람들이 만남을 만든다. 만들어서 웃는다. 웃고는 들어온다. 각자의 집으로 방으로 숙소로 들어와서 본다. 책장에는 책이 꽂혀 있다. 옷장에는 옷이 널려 있다. 아무렇게나 있다. 아무렴 무슨 상관인가. 다른 것이 있는데. 나와 다른 것이 있고 그와 다른 것이 있고 누구와도 다른 것이 있어서 너는 살고 있는가. 다른 삶을 살고 있는가. 매한가지로 배신이다.

그래서 살고 있는가. 잘살고 있는가. 이걸 묻고 싶어도 배신자는 답이 없다. 알아서 갈 길을 가고 있다. 남모르게 가고 있다. 앓으면서 가고 있다. 앓는 표정도 없이 가고 있다. 아무도 그걸 모른다. 심지어 자신도 모르는 삶을 가고 있다. 안다면 행복했을까. 평온했을까. 마침내 고요해졌을까. 모를 일이다. 알 수 없는 길이다. 안다면 손을 내밀지도 않았을 것이다. 혼자서 갔을 것이다. 아무도 받아주지 않는 길을 내가 받아내며 가고 있다. 딱 한 사람의 길을 가고 있다.

4월 29일 — 노트

마지막으로 보기 위해 생각하는 것들

내가 마지막으로 본 것들을 쓰자니 사실상 모든 것이 내가 마지막으로 본 것이고 보는 것이 된다. 그렇잖은가. 처음 보는 것이든 내내 보아왔던 것이든 지금 내가 보는 것은 언제고 다시 볼 수도 있지만, 영영 다시 못 보게 되는 것일 수도 있다. 그렇잖은가. 내가 지금 보는 것이 언제고 꼭 다시 볼 수 있을 거라고 장담할 수 있는 게 얼마나 될까? 사실상 없다. 내가 지금 보는 눈앞의 담배와 필통과 펜과 가위와 그 앞으로 놓인 책들까지, 달력이나 스탠드 조명까지 모두 내가 지금 보는 것이 마지막으로 보는 것일 수 있다.

*

지금 보는 것이 무엇이든 그것을 보는 것이 마지막으로 보는 것처럼 여기고 보는 것. 그렇게 보면서 쓰는 것. 그렇다고 마지막으로 보는 것을 너무 강조하거나 애써 환기할 필요 없이 그저 눈앞에 놓인 사물이든 사람이든 혹은 어떤 장면이나 사건이든 그 대상을 애틋한 심정으로 보는 것. 왜 애틋함인가? 마지막이니까. 그러니까 마지막으로 보는 것이라는 의미를 남아내기보다 마지막으로 볼 때 따라붙는 애틋함의 정서에 초점을 맞춰서 쓰는 것.

애틋함의 정서는 기억을 동반하기 마련이다. 그것 혹은 그이와 보냈던 시간을 돌아보면서 그 기억을 더듬는 과정에서 애틋함이 묻어나온다. 애틋함을 불러일으키기 위해서도 대상에 녹아 있는 기억을 더듬는 과정이 필요하다. 그렇다면 기억 없이는 애틋함도 없다는 말인가? 꼭 그렇지도 않다. 지금 보는 것이 처음 보는 것일지라도 그것이 처음이자 마지막 만남이라는 것을 전제로 한다면, 별다른 기억이 없더라도 애틋함은 생길 수 있다. 다만 애틋함의 정서뿐만 아니라 호기심의 감정도 같이 생기기 쉽다. 처음 보는 사물이니까, 그것을 마지막으로 본다고 여기면서 자연스럽게 자세히 들여다보게 되고, 자세히 들여다보는 과정에서 그 사물과 사람과 장면과 사건에 호기심의 감정이 생겨날 수 있으니까.

　아무튼 처음 보는 것이든 내내 보아온 것이든 그래서 호기심의 감정이 생기든 말든 상관없이, 마지막으로 사물과 사람을 본다는 것은 애틋함의 정서를 동반한다. 그것은 애도의 시간을 미리 겪는 것과 다르지 않다. 애도 혹은 추모의 시간은 다시는 볼 수 없는 대상을 내내 반추하면서, 대상에 녹아 있는 기억을 다시 불러내면서 곱씹는 과정과 다르지 않다. 애도하는 마음은 대상을 잃었으되 대상을 놓지 못하는 과정이다. 놓지 못하다가 끝내는 놓아가는 과정이다. 대상이 부재하다는 사실을 부재하다는 사실 자체로 받아들이기까지 부재를 받아들일 수 없는 상태로 감정을 견디는 것. 시간이 얼마나 소요되든 상관없이 부재가 부재 자체가 될 때까지 부재를 부정하는 과정에서 생겨나는 애도의 시간은 대상에 대한 애정을 전제로 한 시간이다. 애정 없이는 애도도 없으므로. 사랑하는 대상이 아니고서는 애도의 시간까지 가질 필요가 없으므로. 애정하는 대상이 애도를 부른다.

사랑하는 대상이 애도를 힘들게 한다.

그렇다면 마지막으로 보는 것처럼 대상을 보는 연습이 애틋함의 정서를 동반하기 위해서도 필요한 것이 다시 애정이고, 사랑이고, 함께했던 시간일 것이다. 즉 기억이 전제되지 않고서는 애도가 불가능한 것과 마찬가지로, 미리부터 애틋함의 감성을 가지는 것은 힘들지 않을까? 이런 질문이 다시 따라붙는다. 여기서 생각해볼 것은, 이 세상의 모든 것이 마지막으로 보는 것이 되려면, 내가 이 세상에 더는 살아 있지 않은 상태, 즉 부재하는 상태가 되는 것을 전제한다는 점이다. 내가 이 세상에서 마지막이기 때문에, 내가 보는 모든 대상이 마지막이 될 수 있는 것이고, 따라서 대상에 녹아 있는 애정과 별개로 나의 부재 가능성 자체가 대상(이때 대상에는 나도 포함될 수 있다)에 대한 애틋한 감정을 불러일으킬 수 있다. 언젠가, 혹은 언제고, 혹은 지금 당장이라도 내가 이 세상에서 부재할 수 있다는 가능성이 대상이 무엇이든 그것을 마지막으로 보는 상황을 상상하게 만들고 애틋함을 동반할 수 있게 만드는 것 아닐까.

그렇다면 대상이 문제가 아니라 주체인 내가 문제인 것이다. 언제든 이 세상에서 내가 마지막일 수 있기 때문에, 눈앞의 대상은 언제나 마지막으로 보는 대상일 수 있고, 거기서 발생하는 감정은 어쩌면 애틋함을 뛰어넘는 감정일 수 있다. 세상의 모든 인연을 귀히 여기게 되는 마음. 감사하게 여기고 경이롭게 여기게 되는 마음. 그런 마음으로 대상을 다시 보게 되지 않을까. 내가 마지막일 수 있다. 그러니 대상의 운명과 상관없이, 대상과 맺는 관계와도 상관없이, 그 대상을 보고 겪고 느끼는 일은 언제든지 마지막일 수 있다. 내가 마지막이어야 한다. 그래야 애틋함이든 감사함이든 경이로움이든 감정이 생기고 정서가 생기고 무언가를 깨우치는 생각이 생길 수 있다.

마지막으로 너를 보는 것이 아니라, 마지막으로 내가 보는 것. 그것이 중요하다. 내가 마지막으로 본다는 사실. 적어도 내가 지금 보는 것이 마지막으로 보는 것일 수 있다는 사실. 그 사실이 눈앞의 대상을 달리 보게 한다. 달리 느끼게 하고 깨우치게 한다. 지나간 대상도 달리 보고 달리 느끼고 달리 깨우칠 수 있게 한다. 대상이 중요한 것이 아니라 내가 중요한 것이었다. 결국엔 네가 아니라 내가 중요해서 애도라는 것을 하는지도 모른다. 대상이 부재한다는 사실은 내가 받아들이든 받아들이지 않든 변함없는 사실인데, 그것을 못 받아들여서 괴로운 자가 만들어내는 시간, 겪어내야 하는 시간, 그것이 애도의 시간 아닐까?

*

언젠가 내가 없는 것을 전제로 너를 본다. 너에 해당하는 모든 것을 본다. 너는 그것이 아니다. 너는 그도 아니다. 너는 아무도 아닌 사람이나 물건이 아니다. 너는 너다. 너는 네가 되는 순간부터 나에게 말해지는 존재다. 나에 의해 말해지고 나에 의해 다뤄지는 존재. 그게 너라면 너는 무엇이든 된다. 누구라도 좋다. 너에 대해서라면 나는 할말이 있다. 너이기 때문에. 내가 아니라 너이기 때문에 나는 너를 본다. 내가 나를 보듯이 본다. 내가 나를 보듯이 보더라도 착오가 생기고 오해가 생기고 억측도 생기지만 그래도 본다. 네가 보고 싶다. 네가 네가 되는 순간부터 보고 싶었다. 지금 보고 있지 않은가.

*

백 년도 아니고 오십 년만 지나봐라. 네가 없거나 내가 없거나 아니면 둘 다 없을 것이다. 혹시라도 남아 있다면 네가 아닐 것이다. 나도 아닐 것이다. 무언가가 남아는 있을 것이다. 너와 나는 아니다. 너도 아니고 나도 아닌 그 무언가 때문에 오늘을 살고 있다고? 거짓말이다. 사실이라도 와닿지가 않는다. 너도 아니고 나도 아닌 그 무언가 때문에 무언가를 쓰고 있다고? 글쎄다. 무얼 쓴다고 해야 할까? 무얼 써야 너도 아니고 나도 아닌 무언가가 남는 것이 될까? 그걸 알면 진작에 썼을 테지만, 그게 무언지도 모른 채 계속 쓴다. 무언가가 남을까봐. 무언가라도 남길까봐. 글쎄다. 그게 무얼까?

4월 30일 一시

마지막 사람

들어보니 내가 마지막 사람이었다.

내 앞의 사람을 궁금해해야 할까

내 뒤의 사람을 궁금해해야 할까

그걸 궁금해하다가

마지막으로 들어갔다.

문은 아직 열려 있다.

내가 마지막 사람이라고 했는데

한 사람이라도 더 들어오면

내가 이상해할 일인가

그가 이상해할 일인가

이상할 것도 많아서

얼른 눈을 감았다.

문을 닫아야 하는데

내가 연습할 문은 아니었다.

그냥 닫으면 되는데

내가 연습할 문은 아니었다.

들어가서 보아야 할 것이 많다.

얼른 눈을 뜨고

궁금한 사람이 되어 먼저

와 있는 사람을 찾았다.

없을 때까지 있는 단어

ⓒ김언 2026

초판 1쇄 인쇄 2026년 3월 18일
초판 1쇄 발행 2026년 4월 1일

지은이 김언
펴낸이 김민정
책임편집 유성원
편집 정가현 민윤지 정수범
표지디자인 한혜진 **본문디자인** 엄자영
저작권 박지영 형소진 주은수 오서영 조경은
마케팅 정민호 한민아 이민경 한경화 박진희 황승현 김경언 양지연
제작 강신은 김동욱 이순호
브랜딩 함유지 이송이 박민재 김하연 신은서 이준희 조다현
미디어콘텐츠 함근아 김은솔 박다솔
제작처 천광인쇄사(인쇄) 신안문화사(제본)

펴낸곳 (주)난다
출판등록 2016년 8월 25일 제406-2016-000108호
주소 10881 경기도 파주시 회동길 210
저작권 및 독자문의 copyright_nanda@munhak.com
작가섭외 및 행사문의 innanda@munhak.com
페이스북 @nandaisart **인스타그램** @nandaisart **엑스** @wingedpoems
문의전화 031-955-8865(편집) 031-955-2689(마케팅) 031-955-8855(팩스)

ISBN 979-11-24065-41-9 03810